DAS ENDE ALLER TAGE

PETER K.STUMPF

Herstellung und Verlag:
BoD - Books on Demand, Norderstedt
ISBN 978-3-7357-5119-5

Ein stürmischer Wind strich über die Baumwipfel des Rhinluchs, das in einer tiefen Dunkelheit gehüllt war. Die sich biegenden Äste berührten sich geräuschvoll einander wie zum Gruße und raschelten ein trauriges Lied über ihr Leben. Die Temperaturen waren in diesen ersten Januartagen ungewöhnlich milde. Vielleicht würde es in diesem Winter auch nicht kälter werden, jedenfalls zeigte der Temperaturtrend nichts Gegenteiliges an. Der Boden war nicht gefroren und auch die Nässe hielt sich in Grenzen. Aber auch nur deswegen, weil sich die Sonne besondere Mühe gab, die Erde trocken zu halten. In den finsteren Mischwäldern war ab und zu ein aufgeregtes Rufen einer Eule zu hören, die mit stechenden Augen die Dunkelheit der Nacht durchbrach, um nach Hunger stillender Beute Ausschau zu halten. Es war zwei Uhr in der Nacht und in Rabenhorst klapperten lose Fensterläden an die Wände der Häuser, von denen die meisten den abbröckelnden Putz verloren. Die einzige gepflasterte Straße im Ort war verwaist. Auch auf den von ihr abgehenden Wegen war kaum eine

Menschenseele zu sehen. Doch sie waren nicht vollkommen leer. Wenn man genau hinsah, konnte man im Restlicht des Mondes zwei Schatten ausmachen, die sich wortlos an ein etwas Abseits stehendes Haus heranschlichen. Hier brannte kein Licht einer Straßenlaterne und auch sonst schien den zwei Gestalten und ihren dunklen Absichten nichts im Wege zu stehen. Das Haus, ein altes Fachwerkhaus das erst vor kurzem einen neuen, weißen Anstrich erhalten hatte, stand zur Zeit leer. Der Besitzer war in den Urlaub gefahren und war mindestens noch eine ganze Woche nicht zu Hause. Sie schlichen um das Gebäude herum. Die Schritte warten sicher, als ob sie sich hier bestens auskannten. Vor einem Fenster auf der Hinterseite, das mit Fensterläden verschlossen war, hielten sie inne. Beide drehten ihre Köpfe hastig nach allen Seiten um. Als sie sich in Sicherheit wiegten nahm die Person, die dem Fenster am nächsten stand den Rucksack den er auf vom Rücken trug und holte ein Stemmeisen hervor, mit dem er erst die Läden aufbrach, dann die Fenster öffnete. Das quietschende

Geräusch, das dadurch verursacht wurde, blies der Wind auf die brachliegenden Felder hinaus, auf denen sie ungehört verhallten.

Paul lag in seinem Bett und konnte nicht schlafen. Nicht, weil ihn das Pfeifen des Windes irgendwie störte, nein keineswegs. Der Grund dafür nur der, das er in Waldberg, einem Nachbarort von Rabenhorst, ein Mädchen kennengelernt hatte. Ihr Name war Helena und sie hatte die wohl blauesten Augen und die längsten blonden Haare, die er je gesehen hatte. Das sie mit ihren zwölf Jahren ganze zwei Jahre jünger war als er, das spielte für ihn keine besondere Rolle. Seine Freunde in der Schule würden das zwar ganz anders sehen, aber sollten die doch denken was sie wollen. Von dem Mädchen ging eine Ausstrahlung aus, die er sich nicht entziehen konnte. Etwas undefinierbares. Etwas Magisches. Er traf sich mit ihr regelmäßig in der Stadtbibliothek von Neuruppin und unterhielt sich mit ihr über Bücher die sie gelesen hatten, oder gedenken noch zu lesen. Lesen war ein gemeinsames Hobby, was sie teilten. Sie hörte auch dieselbe Musik. Zumeist klassische, was für zwei Kinder in ihren Alter etwas ungewöhnliches war. Doch es gab auch erhebliche Unterschiede zwischen Ihnen. Zum einen neigte Paul zu unkontrollierbaren Wutausbrüchen, während Helena sanftmütig und völlig ausgeglichen wirkte. Zum anderen redete Paul bevor er nachdachte, während das Mädchen erst nachdachte bevor sie redete, Auch im Aussehen können Menschen kaum unterschiedlicher sein. Er, ein Junge von kräftiger Statur mit blaugrauen Augen und dunkelblonden kurzen Haaren. Sie ein zierliches kleines Ding mit offen getragenen, hüftlangen blonden Haaren und stahlblauen Augen. Er fühlte sich einfach wohl in ihrer Nähe. Vergaß die Welt um sich herum und die Abschlußprüfungen der zehnten Klasse, die in zwei Wochen beginnen würden. Prüfungen bedeuteten Lernen und das Lernen war ihm ein Graus. Er las gerne. Aber nur über Sachen von denen man in der Schule recht wenig hört. Unerklärbare Phänomene, Spuk- und Geistergeschichten, kurzum über alles, was man nur wenig oder überhaupt nicht erklären konnte. Die Bücher die er als Hausaufgaben lesen sollte, blieben ungelesen. Er hatte mal versucht, " Effie Briest" von Theodor Fontane zu lesen. Er hatte es sogar zu Ende gelesen, doch es hatte ihm nicht gefallen. Seiner Meinung nach Geschichten über Dinge handeln, die von Alltagsproblemen ablenkten und nicht immer wieder darauf hinwiesen und ein trauriges Ende durften sie schon gar nicht haben. Er drehte sich auf die andere Seite. Starre auf die blauen Blütenmuster der Tapete an der Wand. Der Wind wehte jetzt stärker, riß an die einen Spalt breit geöffneten Fenster. Er zerrte an sie, als wolle er sie von dem Haken losreißen, an dem sie befestigt waren. Der Junge lauschte den tosenden Wind und hörte ein langgezogenes Knarren, das von einer Böe fortgetragen wurden. Es kam vom Nachbargrundstück und Paul fragte sich, um was es sich dabei handeln konnte. Das alte Ehepaar das dort wohnte, war vor ein paar Tagen zu ihren Kindern gefahren, also mußte es sich bei den Geräuschen um vom Wind gemachten handeln. Er dachte nicht weiter darüber nach, drehte sich wieder auf die andere Seite und schlief nach nur wenigen

Augenblicken ein.

Paul stand am anderen Morgen schon sehr früh auf. Die Sonne hatte sich noch nicht über den fernen Horizont hinübergewagt und wartete noch gut eine Stunde, ehe sie aufzugehen suchte. Es war Sonntag und er machte einen ausgedehnten Spaziergang, wie jeden Sonntag. Die Straßen waren wenig befahren, auch im Dorf ließ sich keine Menschenseele blicken. Das will aber nichts besagen, denn in Rabenhorst ist sowieso nicht viel los. Hin und wieder sieht man einen Dorfbewohner. Das ist auch alles. "Diese Ruhe ist doch was herrliches." dachte der Junge bei sich selbst und sog die kühle Morgenluft tief ein. Er ging, Straßen, über noch einsamere Feldwege bis zu einem kleinen Wäldchen, bei dem er sich einige Minuten aufhielt und dann wieder zu dem gut drei Kilometer langen Rückmarsch ansetzte. Er genoß die Dunkelheit. Die Morgendämmerung mochte der Junge nicht besonders. Es sieht alles so kahl und kalt aus. Er ging auf die Landstraße. Ein Auto kam ihn mit hoher Geschwindigkeit entgegen.

Der Fahrer blendete nicht ab, hielt die Scheinwerfer mit stoischer Gleichgültigkeit eingeschaltet. "Dummes Arschloch!" fluchte Paul und blickte zum Schutz vor dem Licht vor sich auf die Erde. Als der Kerl an ihm vorbei war atmete er erleichtert auf. Sein Blick fiel seitwärts in die Dunkelheit. Über die kahlen Bäume eines Windschutzstreifens und des dahinter liegenden Feldes. Er sah die vereinzelten Lichter der Straßenlaternen, die die Häuser seines Heimatdorfes beschienen. Ein riesiger finsterer Schatten erhob sich aus den diffusen Strahlen der Laternen. "Ein wirklich düsterer Ort. "dachte Paul und zog sich tiefer in seinen Parka hinein. Es war das alte Gutshaus das zu dem Ort gehörte. Seit vielen Jahren war es schon unbewohnt. Keiner fühlte sich für das riesige Gebäude verantwortlich. Obwohl es sicher einen Eigentümer gab. Es gehörte schon zu einer Mutprobe, sich diesem Haus überhaupt zu nähern. Geschweige denn man betrat es. Aber das trauten sich nur wenige Kinder. Diejenigen die es bereits versuchten, verließen das Gebäude total eingeschüchtert und redeten mit niemanden über das, was sie dort drinnen verstört hatte. Die Einheimischen nannten das Gutshaus einfach Schloß. Obwohl die Zeit dem Gemäuer ziemlich zugesetzt hatte, schien es von seiner Faszination nur wenig verloren zu haben. Putz bröckelte ab und durch die großen Löcher im Dach regnete es bei schlechtem Wetter stets hinein. In den kahlen Zweigen der Bäume raschelte es. Ein Tier stob vor ihm über die Straße. Er konnte nicht erkennen, was es war. Vielleicht ein Fuchs oder ein Waschbär, von denen es in der Umgebung recht viele gab. Als er noch jung war, hatte er sich immer erschreckt, wenn er irgendwelche Geräusche in der Dunkelheit hörte. Doch jetzt war er schon immerhin sechzehn Jahre und nach seiner Meinung ein richtiger Mann. Männer fürchteten sich nicht vor solchen Kleinigkeiten wie unheimlichen Geräuschen, wo immer sie auch herkamen. Doch er fuhr erschrocken in sich zusammen. Die Nackenhaare sträubten sich und sein Herz schlug heftiger. Er wandte sich wieder den Schatten zu. Die Sonne zeichnete das Gebäude jetzt stärker am

Horizont. Man konnte jetzt deutlicher den kleinen Turm sehen, in dem in früheren Zeiten eine Glocke hing. Die war jedoch irgendeinen Menschen in die Hände gefallen der sie für gutes Geld an einen Schrotthändler verkauft haben dürfte. Irgendwann würde er das Schloß auch mal betreten. Wenn nicht heute oder morgen, dann eben später. Er legte die Stirn in Falten und lächelte zurückhaltend. "Auch Geister können mich nicht davon abhalten."

Helmut Rohrbeck saß alleine am Küchentisch und trank genüßlich einen Schluck heißen Kaffee aus der großen Tasse auf den, mit blauen Druckbuchstaben, sein Vorname gemalt war. Es war sechzehn Minuten nach sechs Uhr am Morgen. Vor ihm lag ausgebreitet die Morgenzeitung, die er abonniert hatte. Die ersten Seiten überschlug er wie gewöhnlich. Zu viele schlimme Nachrichten. In einem afrikanischen Land ein Militärputsch, in Asien ein Fährunglück und auf den Heimatstraßen eine Menge Verkehrstote. Er las lieber die . Sportseiten. Wintersport, Fußball und noch vieles mehr. Heute hatte er jedoch nicht die richtige Lust zu lesen. In einer dreiviertel Stunde mußte er im Betrieb sein und das an einem Sonnabend. Er hatte sich eigentlich was anderes für diesen Tag vorgenommen. Holz mußte noch gehackt werden, der Zaun hinten im Garten mußte repariert werden und Einkäufe mußten auch erledigt werden. Seine Frau Susanne hatte zwar auch einen Führerschein, aber mit dem Wagen wollte er zur Arbeit fahren. "Dummkopf. Bis Neuruppin sind es keine fünfzehn Kilometer. Susi kann dich doch hinfahren und um Vier dann wieder abholen. Wieso Einfach, wenn es auch kompliziert geht. "Helmut hörte das leise Rauschen des Wassers, das aus dem Badezimmer durch die Wände drang. Seine Frau nahm eine Dusche. Er rieb seine verschlafenen blauen Augen und fuhr durch sein dunkelblondes kurzen Haar. Sie waren Beide mittlerweile fünfunddreißig Jahre alt. Er brauchte nicht zu überlegen um zu wissen, das er sie immer noch liebte. Sie war noch so schön und so freundlich, wie an dem Tag, als sie sich das erste Mal trafen. Er konnte sich noch genau daran erinnern wie aufgeregt er war. Damals beim ersten Rendezvous mit ihr. Dieses wunderschönen blonde Haar, das sie Schulterlang trug und ihre blaugrauen Augen. Sie saßen in einem Schnellimbiß und er verschüttete seine Limonade. Wie peinlich. Da versucht man seinem Mädchen zu imponieren ein wenig anzugeben und dann sowas. Seine Hose konnte er allemal vergessen. Er hatte sie erst das zweitemal angehabt. Zur damaligen Zeit sein bestes Stück. Er wurde rot. Alles spritzte genau auf den Schritt. Susanne fand das allzu amüsant. Sie lachte noch wochenlang über den Anblick der sich ihr bot. Wenn sie sich heute noch an damals erinnern, schmunzelte sie immer wieder, wenn sie an dieses Mißgeschick zurückdenkt. Sie sagte einmal, Daß sie nicht wegen der vollgesprenkelten Hose lachte, sondern wegen seines Gesichtsausdrucks und er hatte sich in ähnlichen Situationen in keiner Weise verändert, nicht in den achtzehn Jahren in den sie sich nun kannten. Draußen fuhr ein Lastkraftwagen an dem Haus vorbei. Die Wände vibrierten, die Scheiben zitterten. Dann wieder diese Stille, wie an fast jeden Samstagmorgen. "Guten Morgen, Helmut!" Er schreckte ein wenig auf als er die Stimme seiner Frau hörte. Er hatte sie nicht gehört. Vielleicht hatte sie die Küche betreten, als der LKW vorbeifuhr. "Morgen, Susi! Ich mag es nicht, wenn du Dich von hinten heranschleichst. Das ist nicht gut für meine Pumpe und das weißt Du genau." Er atmete kräftig durch. "Ich weiß. Deshalb mache ich es ja gerade. "Seine Frau kniff neckisch ihr rechtes Auge zusammen. "Mörderin!...." Auch Helmut konnte ein Grinsen nicht unterdrücken. "Du kannst das Auto heute haben, wenn Du willst. Aber dann mußt Du mich zur Arbeit fahren und auch wieder abholen." Der Mann nahm einen kräftigen Schluck Kaffee und stellte angewidert fest, das der schon fast kalt war. "Mach ich doch glatt. Ich ziehe mich nur noch an." "Eigentlich wollte ich heute zur Arbeit und nicht erst nächste Woche." Helmut grinste vor sich hin und warf ihr einen Kuß zu, den sie mit der rechten Hand auffing und erwiderte. "Blöder Kerl!" Sie schloß lachend die Tür von ihren Schlafzimmer. Rohrbeck blätterte wieder kurz in seiner Zeitung. "Wurstblatt." Er faltete sie zusammen und nahm sich vor die Zeitung ganz abzubestellen. "Hallo, Papi!" Der Mann zuckte erneut zusammen. Seine Tochter Helena stand neben ihm und blickte ihm mit müden Augen an. Ihre hüftlangen blonden Haare waren zerzaust, ihr rosa geblümtes Nachthemd zerknittert und sie trug keine Hausschuhe. "Mich trifft hier noch irgendwann einmal der Schlag. Himmel! Willst Du etwa das ich bald unter die Erde komme? Du weißt doch das Papa das nicht mag. Also laß bitte diesen Unsinn." Seine Stimme klang schroffer, als er es überhaupt beabsichtigt hatte. "Tut mir leid!" Dem Mädchen standen Tränen in den Augen. Sie war nicht richtig ausgeschlafen und das machte sie empfindlicher, als sie wirklich war. "Ist ja schon gut, Mäuschen. Komm her!" Sie setzte sich auf seinen Schoß. "War nicht so gemeint, Kleines. Haben wir Dich geweckt?" Helmut wunderte sich schon darüber, das seine Tochter jetzt auf war. Er achtete stets gut darauf, das sie lange genug schlief und an schulfreien Tagen stand sie auch nicht vor halb neun auf. Kinder brauchten in ihrer Entwicklung genug Schlaf, damit sie gesund aufwachsen können. Bei Helena schien sich das auszuzahlen. Sie war eine hübsche, geradegewachsene Zwölfjährige, die vor guter Gesundheit nur so strotzte. "Nein. Ich wollte nur etwas mit Dir besprechen." "Und das wäre?" "Nun.... " Sie überlegte kurz."....ich weiß nicht, wie ich es sagen soll." "Einfach geradeheraus." Helmut lächelte leicht. "Na gut. Darf ich morgen Vormittag nach Potsdam in die Bibliothek fahren?" Helena schien erleichtert zu sein, das sie es so leicht aus sich herausbekommen hatte. "Alleine?" Rohrbeck sah seiner Tochter tiefer in die Augen. "Nein nicht alleine. Das würdest Du sicher auch nicht zulassen." "Ganz richtig. Mit wem?" " Mit Paul Forster." Helmuts Lächeln erstarb auf seinen Lippen. Er konnte es nicht ausstehen, wenn sich seine Tochter mit dieser Rotznase herumtrieb. Nicht das er den Jungen nicht leiden konnte. Er mochte ihn sogar ganz gerne. Aber der Bengel war vierzehn und seine Helena erst zwölf. Wer weiß, was sie so alleine treiben, wenn sie zusammen sind. "Nein. Niemals!" Das klang endgültig. Aber was war in diesem Leben wirklich endgültig, außer der sichere Tod? "Warum denn nicht?" In Helenas Stimme schwang die Enttäuschung mit, obwohl sie sich sicher gewesen war, das er auf jeden Fall dem nicht zustimmen würde. "Ich diskutiere nicht darüber, was für meine Tochter gut ist und was nicht. Ich habe kein Vertrauen zu dem Jungen und damit hat es sich." Helena spürte eine Chance, doch noch zu kommen was sie wollte. Tränen rannen ihren Wangen hinunter und schluchzend sagte sie." Du hast doch aber Vertrauen zu mir. Oder!" Oh Himmel. Wie er diese Tour seiner Tochter haßte. Wenn sie nicht weiterkam, dann drückte sie eben auf die Tränendrüsen. Das hatte sie bestimmt von ihrer Mutter abgeschaut, denn seine Frau machte daßelbe mit ihm. Nur eine Unterschied gab es. Bei seiner Ehefrau blieb er meistens hart. Seine Tochter allerdings schien diese Masche perfektioniert zu haben. Sie kam damit jedenfalls immer durch. "Ich habe Dir doch schon hundertmal gesagt, das ich das nicht mag. Hör auf damit, sonst fange ich auch noch zu heulen an. "Helmut sah hilfesuchend in der Runde. Die Küche war jedoch leer. Vor seiner

Frau konnte er damit keine Unterstützung erwarten. Sie ließ ihn wieder damit allein. Typisch. Er wußte, das eines Tages ja so kommen mußte. Das die Jungen ihn die Tür einrennen würden. Das es aber schon so früh beginnen würde, hatte er nicht gerechnet. Helena war erst vor zwei Wochen, am siebenundzwanzigsten Dezember, zwölf geworden. Dabei dachte er, er hätte noch mindestens zwei Jahre Zeit, bis der große Streß anfangen würden. Ohne Frage war sie ein wunderschönes kleines Mädchen, blaue Augen, hüftlange blonde Haare und ein süßes Gesicht und Helmut sah jetzt schon sein Kampf gegen die Übermacht der Jungen als verloren an. Seine Tochter schluchzte in seinen Armen, benetzte sein grüngemustertes Flanellhemd mit bitteren Tränen. "Na gut Mädchen. Hör auf damit. Was hältst Du davon, wenn wir einen Handel machen?" Helena wurde sofort hellhörig, denn sie wußte schon längst das sie wieder ihren Kopf durchgesetzt hatte. "Einen Handel?" Es klang ziemlich unschuldig, doch insgeheim freute sie sich schon, das ihr Vater wieder nachgegeben hatte. "Ja einen Handel. Du kannst mit diesen Lümmel nach Potsdam fahren." "Paul ist kein Lümmel!" protestierte Helena gleich. "Na gut mit dem Jungen. Aber unterbrich mich bitte nicht noch einmal. Sonst passiert was!" Helmuts Stimme flackerte ein wenig auf. Ein Anzeichen dafür, das er ein wenig ungehalten war. Das Mädchen wurde sofort wieder still und murmelte leise ein "Jawohl ". Das soll nicht etwa heißen, das er seine Kinder schlug. Nein. Er redete mit ihnen und versuchte ihnen damit klar zu machen was sie falsch gemacht hatten. Wenn das nicht hilft Stubenarrest. Das war alles und das half auch immer. "Fährt ihr mit dem Bus morgens um sechs?" "Ja!" "Gut, dann Fährt auch dein Bruder mit." "Och, Papi! Der ärgert mich doch immer und vielleicht will der auch gar nicht!" "Was Thomas will und was nicht interessiert mich jetzt am allerwenigsten. Er begleitet euch. Schluß, aus." Helmuts Entschluß stand fest. Kein Schritt allein mit fremden Jungen. "Du hast mich doch gefragt, ob ich vertrauen zu Dir habe? Ich vertraue Dir vollkommen!" "Aber diesen Bengel nicht" dachte er nur. "Danke Vati, Ich liebe Dich!" Sie gab ihm einen Kuß auf die Wange. "Ich liebe Mich auch!" Ein schiefes Grinsen umschwang seine Mundwinkel. "Ha, Ha. Selten so gelacht." Sie lächelte sanft." Und nun ab ins Bett." Sie sprang von seinem Schoß, reib noch einmal ihre müden Augen und ging zur Küchentür. "Halt, da ist noch was." Helena hielt inne, drehte sich um, wußte aber nicht was ihr Vater noch wollte. "Ich liebe Dich auch, wenn Du noch einmal ohne Hausschuh hier im Haus herumläufst, mein Engel. Dann beiß ich Dir den großen Zeh ab. Verstanden?" Helena strahlte übers ganze Gesicht. "Geht klar!" und im Nu war sie in ihrem Zimmer verschwunden. Helmut sah auf die große Küchenuhr, die schräg ihm gegenüber über dem Kühlschrank hing. Jetzt wurde es aber langsam Zeit in die Startlöcher zu gehen, sonst kam er noch womöglich zu spät zur Arbeit. "Susi! Bist Du fertig?" "Bin fertig!" Seine Frau stand schon in voller Montur auf der Türschwelle. "Na dann los!" Nur wenig später fuhr der dunkelgrüne Passat vom Hof. Ruhig dem Lichtkegeln auf der Straße Richtung Neuruppin folgend.

So wie es an diesem Januarmorgen aussah, würde es ein wunderschöner Wintertag werden. Die Temperaturen lagen über null Grad Celsius, der Himmel war völlig Wolkenlos und die Sonne brachte die zugefrorenen Gräben wieder zum auftauen. In Rabenhorst herrschte absolute Stille. Die Straßen waren leergefegt. Die Bäume des Waldes in denen der Ort lag ließen ihre blätterlosen Zweige traurig über dem Boden hängen, knisterten nur manchmal um die graue Monotonie des Winters zu übertönen. Die Einwohner schienen noch zu schlafen. Die Läden der Fenster waren geschlossen und dabei war es schon nach zehn Uhr an diesem Morgen. Auch das örtliche Gutschloß schien seine Einsamkeit beizubehalten. Ein ohrenbetäubendes Quietschen zerstob die Stille in viele kleine tönende Einzelteile. Die sich ihren Weg durch das zerfallene Gemäuer bahnten. Hatte sich da etwa doch jemanden besonnen und hauchte dieser lähmenden Untätigkeit Leben ein? "Geht's nicht noch lauter?" Die Stimme des jungen Mannes klang genervt. "Leck mich!"

gab ihm ein anderer junge Mann kraftvoll zurück. Die Männer sahen sich um. Sie wollten nicht von unliebsamen Zeugen beobachtet werden, die den ordentlichen Verlauf ihrer Geschäfte behindern würden. Sie standen in einer großen Vorhalle. Das Muster des Marmorfußbodens war im Laufe der Zeit immer blasser geworden und auch wenn man genauer hinsah, konnte man nicht feststellen, was es einst darstellen sollte. Das wurde außerdem noch dadurch erschwert, das sich eine dicke Schicht Staub und herabfallender Putz der Decke den Boden bedeckt. Fahles Licht drang durch eine kleine Fensterhöhle direkt über den Eingang. Links neben der Tür führte eine sich windende Treppe in den zweiten Stock. Zahlreiche Holzstützen des farblosen Geländers waren zerbrochen, oder fehlten ganz. Der Mann der als erster das Schloß betrat, trat einen Schritt vorwärts. Die Sohlen seiner Tennisschuhe verursachten ein leises Echo in dem großen Raum. Er fuhr nervös mit einer fahrigen Handbewegung durch sein schulterlanges braunes Haar. Sein Haar war fast das einzige was ihm von seinem

Kumpel hinter ihm unterschied. Der trug seine schwarzen Haare dermaßen kurz, das er die letzten Stoppeln auf dem Kopf erst gar nicht zu kämmen brauchte. Sie beide trugen Bluejeans, Tennisschuhe und abgetragene Armeeparka, dessen Kapuze sie erst abnahmen, nachdem sie sich sicher waren von niemanden beobachtet worden zu sein. "Ei, Ronny. Bist Du Dir da ganz sicher, das das eine gute Idee war, das ganze Zeug hier zu verstecken? Irgendwie ist mir bei der ganzen Sache nicht wohl zumute. Was ist, wenn doch hier irgendjemand mal auftaucht?" Der Mann mit den kurzen Haaren schloß die Tür hinter sich, als er das sagte. "Du bist einfach feige, Martin. Wenn ich nicht genau wüßte das wir hier ein sicheres Versteck haben. Denkste da würde ich mich hier einnisten? Ich habe manchmal einen Hammer zugegeben, aber bescheuert bin ich noch lange nicht! Die meisten hier im Ort haben genau so viel Schiß davor hier hineinzugehen wie Du." "Ich habe überhaupt keinen Schiß. Ich sorge mich nur darum das wir nicht auffliegen." protestierte Martin eifrig. Aus seiner Stimme schwang aber das Gegenteil mit. "Ja. Ja. Ist ja gut. Hol lieber schon das erste Zeug aus dem Wagen!" Ronny sah seinen Kumpel nur kurz an und ging dann zu einer bestimmten Ecke unter der nach oben führenden Treppe. Ein leichtes Schürfen flog von Wand zu Wand. Die Tür, die sich im Schatten der Treppenkonstruktion befand, öffnete sich relativ einfach. Einige kleinere Steinstufen einer Treppe führte nach unten in eine Art Kellergewölbe. Gut ein Dutzend kleinere Räume reihten sich aneinander. Die Decke da unten hing tief. Die beiden jungen Männer mußten sich jedesmal ducken, wenn sie zu dem Versteck wollten, das sich ziemlich weit im inneren des Gewölbes befand. Die Wände waren Fensterlos, so das nicht einmal ein winziger Lichtstrahl das ständige Dunkel durchbrach. Ronny kramte in seiner Parkatasche und zog eine kurze Stabtaschenlampe heraus, dessen Lichtkegel ein wenig Helligkeit in diese undurchdringliche Finsternis brachte. Ronny wartete. Es dauerte keine zwei Minuten bis Martin auf der Türschwelle erschien. Er hatte einen blauen Seesack über die Schulter geworfen. Seine Schritte waren zunächst nur vorsichtig, doch als sein Kumpel den Weg nach unten beleuchtete lief er flott Stufe für Stufe hinab. Ronny mit der Taschenlampe voran, liefen sie in gebückter Haltung durch die Räume, bis sie vor einer dicken Tür aus altem, aber festem Eichenholz stehenbleiben. Ein riesiges Vorhängeschloß, das möglicherweise aus dem zweiten Weltkrieg stammen konnte, verriegelte den Eingang. Ronny kramte erneut in seiner Jackentasche und holte einen schon etwas rostigen, aber noch gut erhaltenden Schlüssel hervor. Beide Männer schwiegen als sie durch die geöffnete Tür gingen. Der Raum den sie betraten, hatte eine Größe von ungefähr drei mal vier Metern und war über die Hälfte mit Holzkisten gefüllt, die bis an die Decke gestapelt waren. In jeden der Kisten befanden sich Unmengen von Uhren, Münzen, Schmuck, Bilder und jede Menge andere Wertgegenstände die sich irgendwie zu Geld machen ließen. "Noch ein Bruch und dann müßte es genügen." Ronny lächelte verschmitzt. Aus seiner Stimme konnte man die Selbstzufriedenheit, die ihm fast immer zu eigen war heraushören. "Hauptsache der Sachse nimmt uns auch den ganzen Kram hier ab. Sonst stehen wir ganz schön blöd da." Martin nahm den Sack von der Schulter und stellte ihn in einer noch freien Ecke auf den Boden. "Keine Bange, Alter! Der wird, das garantiere ich dir." "Ja und wenn nicht?" Die beiden Männer sahen sich im diffusen Licht der Taschenlampe intensiv an. "Vertrau mir, der wird!" Ronny sagte es mit solchen Nachdruck in seiner Stimme, das Martin sicher war. Ihm war bewußt, das sein Kumpel den Sachsen schon überreden würde, wenn nicht auf die sanfte, dann eben auf die harte Tour. Den Sachsen hatten sie vor drei Jahren auf einer Himmelfahrtsparty in einer Potsdamer Kneipe kennengelernt. Ein sechsundfünfzigjähriger Mann mit kurzen grauen Haarkranz und dürrem Körper. In seinem Rausch hatte er ihnen erzählt, das er alles möglichen zu Geld machen könnte. Egal woher es stammt und wie derjenige zu dem gekommen ist, was er verkaufen will. Natürlich hatten es die Beiden sofort ausprobiert und siehe da zum ersten Mal in ihrem Leben besaßen sie ausreichend Geld, ohne viel dafür tun zu müssen. Zwar war der

Sachse, seinen richtigen Namen kannten sie nicht (War auch gar nicht nötig, wenn man ihn nicht kannte, konnte man ihn auch nicht ausplappern), ein Geizhals, aber das Geld war gut. Ronny zog die Tür hinter sich zu und verschloß sie wieder dermaßen sorgfältig, das auch der gewiefteste Eindringling sie nur sehr schwer zu öffnen vermochte. Wieder aus dem Gutshaus heraus, drehten sich die Männer um und musterten das alte Gemäuer zufriedenen Blickes. Sie sahen sich die Umgebung genauer an, aber das sowieso egal, denn sie wußten selbst zu genau, das sich hier nur sehr selten einer verirrt. Zu abgelegen stand das Schloß inmitten von Bäumen eines verwilderten Parks, der ihre diebischen Umtriebe durch die Dichte seines Gestrüpps verbarg. Paul war an diesem Sonntagmorgen schon sehr früh aufgestanden. Er freute sich schon auf einen schönen Tag in der Bibliothek. Helena hatte noch gestern abend angerufen und ihm gesagt, das ihr erlaubt hatte mit nach Potsdam zu fahren. Herr Rohrbeck konnte ihn nicht besonders leiden. Das war ihm aber auch ziemlich egal. Er wollte ja nicht mit ihm fahren sondern mit seiner Tochter. Seine gute Laune wurde nur dadurch getrübt, das Helenas Bruder sie begleiten sollte. Er war ein Jahr jünger als er selbst und er konnte ihn nicht leiden. Wieso und Warum konnte er nicht sagen, es war nun einmal so. Der Junge stand im Flur. Er zog seinen dunkelblauen, dicken Anorak an und knöpfte ihn aller Ruhe zu. Es war kühl draußen. Kaum ein Grad über Null. Eine Temperatur, die das Thermometer in diesem milden Winter noch nicht erreicht hatte. Der Wetterbericht hatte schon für morgen einen Temperatursturz auf Tageswerte um minus zwanzig Grad Celsius vorhergesagt. Eine Voraussicht, die nicht nach aller Geschmack war. Er war alleine in dem großen dreistöckigen Haus das ihnen selbst gehörte. Seine Eltern waren zu den Großeltern in den Oderbruch gefahren. Er sollten in ihrer Abwesenheit auf Haus und Hof aufpassen, eine Verantwortung, die er nur zu gern übernahm, denn eine sturmfreie Bude war bei so vielen Leuten eine richtige Seltenheit. Alle Zimmer waren schon zu der frühen Zeit geheizt. Ziemlich schwierig bei den

Kachelöfen in der fünf Zimmern. Die Uhr an der Wand über dem Schuhschrank schlug um auf vier Uhr fünfzig. In zehn Minuten kam der Bus aus Waldberg. Er überlegte schnell ob alle Fenster und Türen verschlossen waren. Wenn er es vergaß und jemand einbrechen würde, das wäre die reinste Katastrophe. Doch er besaß ein ausgezeichnetes Gedächtnis. Alles war verschlossen und sicher. Als er schließlich die dicke Haustür aus Eichenholz verriegelt hatte, konnte er ruhigen Gewissens zur Bushaltestelle gehen, die etwa dreihundert Meter weiter am anderen Ende des Ortes lag. Der Wind blies ihm kalt ins Gesicht. Es war noch so kalt, das man hätte eine dicke Pudelmütze tragen müssen, aber ein wenig unangenehm war es schon. Er ging auf die Chaussee, die am Ort vorbeiführte. Der matte Lichtschein der Straßenlaternen erhellte nicht im geringsten dieses Stück Straße. Paul ging auf dem Sommerweg, das fand er sicherer. Dann es gab viele rücksichtslose Autofahrer, die gerade auf diesem Straßenstück das Gaspedal durchtraten. Durch die kahlen Äste der

Bäume konnte er das alte Gutshaus sehen. Wie jedesmal, wenn er sich auf dem Weg zum Schulbus machte. Doch heute war etwas anders. Für einen kurzen Moment war ihm, als hätte er einen Lichtkegel vor dem zerfallenden Gemäuer gesehen. Jemand startete einen Motor. Der Junge konnte nicht sehen um was für ein Auto es war nicht lange zu hören. Nur ein paar Sekunden, ehe es vom sich auffrischenden Wind davon getragen wurden. Paul verschwendete keinen Gedanken mehr daran. Wenn sich da jemand an dem Schloß zu schaffen machte, dann war es nicht sein Problem. Es ging ihm auch gar nichts an. Er erreichte gerade die Haltestelle, als schon der Linienbus den äußeren Dorfrand erreichte. Sollten doch alle machen, was sie wollten. Heute wird es ein schöner Tag werden und den würde er in vollen Zügen genießen.

Helena und Paul saßen zusammen an einem Tisch und unterhielten sich leise über ein Buch von Theodor Fontane. Thomas stöberte in einem Regal herum. Er las nicht gerne und hatte nicht die geringste Lust, den ganzen Tag in der

Bibliothek zu verbringen. Viel lieber hätte er mit seinen Freunden Fußball gespielt. Aber nein er mußte ja wieder einmal Babysitter spielen, für seine Schwester. Sie konnte tun und lassen was sie wollte. Doch wenn er irgendwo hin wollte, heiß es: "Es geht heute nicht!" Der Junge seufzte tief. Nichts als Bücher. Dann sind sie auch noch so dick! Wenn er sich doch nur trauen würde endlich einmal nein zu sagen. Ihm wurde es in diesen Räumen richtig unheimlich. Diese Ruhe belastete zusehends sein Gemüt. Wenn er sich seinen Eltern widersetzen würde. Nun vielleicht bekam er dann eine mächtige Tracht Prügel. Jedenfalls von seinem Vater. Zugegeben er hatte noch nie in seinem bisherigen Leben von ihm Prügel bezogen, aber die anderen Strafen waren beinahe genauso schlimm. Tagelanger Hausarrest hatte ihm schon oft die Nerven bis aufs äußerste strapaziert. Nun so Schlimm war das auch wieder nicht. Mutti kam dann zu ihm und brachte ihm Erdbeerkuchen. Seinen Lieblingskuchen. Zur Mami konnte er jederzeit gehen, wenn es in der Schule nicht so lief. Eine Fünf in Mathe kein

Problem. Einen Tadel vom Lehrer. Nicht so schlimm. Ja Mutti war und blieb die Beste. Das größte Hindernis war sein Vater. Der konnte so streng sein. Mit einem Seitenblick schielte der Junge zu den tuschelnden Kindern am Lesetisch. Sie hielten die Köpfe zusammengesteckt und blätterten aufgeregt in einem Buch. Thomas konnte beim besten Willen nicht verstehen, was man daran so aufregend finden konnte. Da sah er sich doch lieber einen Film im Fernseher an. Da spart er sich die Mühe des Lesens. Außerdem läuft ein Film nur anderthalb bis zwei Stunden. Der Freund seiner Schwester stand auf und ging die aneinandergereihten Regale entlang. Er nahm das Buch, in dem er noch vorhin geblättert hatte und stellte es wieder an dem Platz von dem er es genommen hatte. Helena blieb am Tisch sitzen. Sie las jetzt in einem Magazin. Von seinem jetzigen Standpunkt aus konnte er nicht sehen um welche Art Magazin es sich handelte. Vielleicht eine Frauenzeitschrift oder irgendein Fetzen in dem nur dieses paranormale Zeug stand. Er kannte es von zu Hause aus zur Genüge. Sie verschlang regelrecht die einzelnen Berichte. In ihrem Zimmer türmten sich Berge von solchen illustrierten. Regale voll mit Bücher über Spuk, Poltergeister, Kugelblitze oder ungewöhnliche Menschen mit übernatürlicher Begabung. Zugegeben die Polster die in ihrem Zimmer an der Wand hingen sahen toll aus. Manchmal sogar für ihn etwas unheimlich. Aber an die Sachen selbst glaubte er nicht. Zumal er es nicht mit eigenen Augen gesehen hatte. Sein Blick wanderte wieder zurück zu Paul. Dessen Hand glitt an den Regalen entlang und hielt nach wenigen Augenblicken in den Bewegungen inne um Sekunden später weiterzusuchen. Jetzt standen die beiden Jungen nebeneinander. Würdigten sich zuerst aber keines Blickes. "Du hast mir den ganzen Tag verdorben, das ist dir doch wohl klar?" Thomas mußte das einfach loswerden. Es lag ihm schon seit drei Stunden auf der Zunge. Von dem Zeitpunkt an, an dem sie von zu Hause losgefahren waren. "Das tut mir leid!" sagte Paul nur mit halben Bedauern. Er wollte keinen Ärger haben und dachte wenn er dies sagte würde dieser Widerling weitergehen und sich um seine eigenen Angelegenheiten kümmern. Doch so einfach schien es nicht zu sein. "Das sollte es auch." Thomas holte tief Luft und sah seinen Gegenüber direkt in die Augen. "Kannst du dir denn keine Freundin in deinem Alter suchen? Mir wäre das zu blöd mit einem Mädchen herumzulaufen das noch ein Kind ist. Mit der Kleinen kann man doch nichts anfangen?" Thomas grinste schäbig. Seine Mundwinkel schoben sich zur Seite hoch und sein sich öffnender Mund entblößte eine Reihe von weißen Zähnen." Thomas! Du bist und bleibst ein richtiges Arschloch. Helena ist das wohl klügste und hübscheste Mädchen das mir je begegnet ist. Du als ihr Bruder kannst das vielleicht nicht verstehen, aber es ist doch nun einmal so. Du kennst doch sicher das Gedicht - Weg der Liebe -? Sicher nicht. Dann würdest du nämlich wissen von was ich rede. Aber dahinter wirst du vielleicht nie kommen. "Paul drehte ab, ließ den verdutzt dreinschauenden Thomas einfach stehen und zog ein anderes Buch aus dem Regal, an dem er sich gerade befand. "Mach nur so weiter und ich sage meinem Vater, das du Helena befummelt hast. Dann werden wir mal sehen, was du davon hältst. Ich glaube nicht, das ihr euch irgendwann einmal wiedersehen werdet." Das Thomas hinterhältig und falsch war, das wußte Paul schon zu Genüge. Der Typ stellte es jeden Tag in der Schule unter Beweis. Er stahl anderen Kindern die Pausenbrote. Schrieb die Hausaufgaben erst in der Unterrichtsstunden vorher ab. Irgendwann einmal ist jedoch das Maß voll Paul kam wieder zurück, zu den übellaunigen Burschen und baute sich vor ihm auf. Er wurde von dem anderen um fast einer halbe Kopflänge überragt und das, obwohl Thomas ein Jahr jünger war. Ein Umstand, der dem Kleineren ziemlich egal war. "Hör zu du Idiot. Wenn Du irgendwelche Lügen über Helena und mir in die Welt setzt werde ich deine Körperlänge auf ein normales Maß stutzen. Ich bin eigentlich nur noch so nett zu dir, weil Lena es so will. Aber irgendein Fehler von dir und eine ganz besondere Sache wartet auf dich." Er sagte das in einem ruhigem Ton, aber eiskalt. Der Junge selber wußte zwar nicht wie diese besondere Sache im Einzelnen aussehen sollte, aber ihm fiel bestimmt im richtigen Moment etwas Besonderes ein. "War ja nicht so gemeint. " stammelte Thomas nur. Pauls Worte hatten ihm ein wenig Angst gemacht. Er würde es offen nie zugeben. Niemals. Aber jeder der Augen im Kopf hatte, konnte die Anzeichen von Panik in seinem Gesicht lesen. "Habe ich etwas verpaßt?" Das kleine blonde Mädchen stand hinter den Beiden. Sie hatte die ganze Zeit gelesen. Als Paul nicht mit dem Buch, das er holen wollte zurückkam, stand sie auf und wollte ihm fragen, ob sie ihm bei der Suche helfen konnte. "Ach Nö. Ich habe Paul einfach nur erklärt, wie toll ich es hier finde. "Ihr Bruder legte seinen Arm um die Schulter des anderen Jungen und tat so, als ob es das größte Vergnügen wär, mit ihm in eine Bibliothek zu gehen. Paul grinste auch in sich hinein, wollte seine wahren Gefühle verbergen. "Das ist ja mal was ganz Neues. "Sie sah Beiden an. Ihr konnte man nicht so leicht etwas vormachen. Doch um des lieben Frieden Willen fragte sie nicht weiter nach. "Ah! Da hast Du es ja. "Sie griff nach dem großen, in Leder gebundenem Buch, das mit goldenen Lettern verziert war und blätterte gleich ein paar Seiten um, während sie zu ihrem Platz zurückging. " Kommst Du!" Sie blickte nicht noch einmal auf, denn Paul folgte ihr auf dem Fuße, nicht ohne aber einen letzten ernsteren Blick auf Thomas zu werfen. Der blieb den übrigen Tag, den sie sich noch in Potsdam aufhielten, ruhig. Nach dem sie die Bibliothek verließen, bummelten sie ein wenig durch die Stadt und aßen in aller Ruhe ein Eis. Helena in der Mitten und flankiert von den Jungen die sich, jeder mit zwei Taschen voller ausgeliehener Bücher, den Weg mühevoll zum Busbahnhof bahnten.

Es war kurz nach halb sieben am Abend. Die Sonne hatte sich am Horizont schon verabschiedet und wartete darauf, am nächsten Tag gegen eine dichte Wolkendecke ihren Platz auf den ausgekühlten Erdboden zu bahnen. Die Straßenlaterne an dem großen Haus der Forsters inmitten von Rabenhorst blinkte im gelben Lichterschein defekt vor sich hin. Die Straßen waren, wie fast immer, völlig verwaist. Nur vereinzelt überquerten verwilderte Katzen den holprigen Kopfsteinpflaster um hinter eines der alten etwas verkommenen Häuser zu verschwinden. Der Ostwind hatte langsam, aber stetig zugenommen. Er wehte kalt und geräuschvoll über die vermoosten Dächer des Ortes. Die Leute saßen lieber in ihren geheizten Wohnungen und machten es sich auf der Couch, oder in einem Sessel gemütlich. Sie interessierte herzlich wenig das Geschehen, das sich bei anderen Leuten abspielte. Deshalb sahen sie auch nicht, wie ein matter Lichtstrahl einer Taschenlampe in dem großen Haus im Zentrum des Ortes, die Fenster entlang schlich. Ronny und Martin gaben sich nicht viel Mühe sich ruhig zu verhalten, die Grundstücke der Nachbarn standen zu beiden Seiten zu weit entfernt um überhaupt etwas eindeutiges zu vernehmen. Doch wie bei allen ihren späten Ausflügen gaben sie sich wenigstens einige Mühe, die Schubladen und Schränke, die sie durchwühlten, in einem ordentlichen Zustand zu hinterlassen. Ihre Opfer durften nicht so schnell dahinterkommen, das sie beraubt wurden. Jede dadurch verschaffte Stunde Zeit, kam ihrer Flucht zugute. Sie gingen systematisch vor. Zuerst durchsuchten sie die oberen Zimmer, gingen in die Mitteletage, um dann ganz nach unten zu wechseln. Wider erwarten gab es in diesem Haus nicht viel zu holen. Nur wenige Gegenstände mit halbwegs gutem Wert waren ihre Beute. Eine Porzellanfigur und eine Geldkassette mit ungefähr siebenhundert Mark, das war alles. Wenn man es so nahm konnten sie doch zufrieden sein, denn so viel Bargeld fiel ihnen ziemlich selten in die Hände. "Du bist dir da ziemlich sicher, das die Leute erst in drei Wochen aus dem Winterurlaub kommen?" Ronny hielt das Licht der Taschenlampe auf das Ziffernblatt seiner Uhr und schaute nach der genauen Zeit. "Achtzehn Uhr Neununddreißig. Der Junge, der hier aufpaßt, kommt in fünf Minuten zurück, dann müssen wir hier raus sein. Haben wir alles unter die Lupe genommen?" "Alles!" "Na dann nichts wie raus hier." Die jungen Männer liefen die Treppe hinunter und wollten gerade das Haus verlassen. Da klappte draußen die Pforte. "Scheiße!" Martin schlich langsam den Flur entlang. "Das mein ich aber auch!" Ronny machte es seinem Kumpel gleich. In dem Flur war es dunkel und dem Treppenaufgang bot sich eine gute Möglichkeit, sich zu verstecken. Sie atmeten ruhig und ohne in Panik zu verfallen. Zum Glück hatten sie, die Tür ganz leicht öffnen konnten, sie wieder verschlossen. Ansonsten hätte es jetzt wahrscheinlich Probleme gegeben. Sie lauschten nach den Geräuschen an der Eingangstür. Ein Schlüssel wurde eingeführt und herumgedreht. Die Tür flog auf. Ein Junge kam hereingesprungen. Er pfiff laut irgendsoein dummes Lied vor sich hin, das er von irgendwo aufgeschnappt hatte. Er warf die Tür zurück ins Schloß, machte das Licht an. Die zwei Männer in der hintersten Flurecke gaben keinen Mucks von sich. In der Ecke wo sie sich befanden, warf das Licht einen äußerst dunklen Schatten. Der kräftige Junge kam näher, ging zu dem Schuhschrank, der einen halben Meter von den Männern entfernt stand. Ohne seine Tennisschuhe auch nur aufzubinden zog er sie aus und warf sie in den Schrank. Ronny mißtraute dem Frieden. Er hob den rechten Arm zu einer Ausholbewegung. Die Stabtaschenlampe hielt er fest in seiner Hand. Wenn der

Bengel sie bemerken würde, dann mußte
er zuschlagen. " Bleib weg von hier. Ich
will dir nichts tun. Doch wenn es sein
muß, schicke ich dir ins Land der
Träume." dachte er. Sein Bizeps spannt
sich an. Nur Sekunden trennten ihm jetzt
vor eine Tat, die er sicher bereuen
würde. Doch wie das Schicksal
manchmal so ist, schenkte es einem das
Glück das man brauchte. Hier wurde es
gleich für beide Seiten aktiv. Der drehte
sich um und lief locker und immer noch
das selbe Liedchen pfeifend die Treppe
hinauf. Erst als sie die oberen Türen
schlagen hörten, kamen sie aus ihrem
Versteck und verschwanden leise ins
Freie, von wo nur wenig später, ein in
der Nähe abgestellter Vw- Transporter
flott davonfuhr.

Paul kam an diesem Abend erst relativ
spät nach Hause. Die gute Laune, die
ihm dieser Tag gebracht hatte, stand in
seinem Gesicht geschrieben. Er war
müde aber glücklich. Seine Beine
schmerzten nach jedem Schritt den er
noch tat. Der Bus fuhr an ihm lärmend
vorbei. Die Erde erzitterte von seinem
Gewicht. Durch das hintere Fenster des

Fahrzeugs lukte Helena, winkte ihm nach und warf ihm eine Kußhand zu. Wie er dieses kleine Mädchen liebte. Ihr ganzes Wesen brachte ihm ständig dazu, alles um sich herum zu vergessen. Den Streß in der Schule und die vielen unschönen Dinge, die sich in der heutigen Welt ereignen. Der Junge winkte ihr zurück, strahlte dabei über das ganze Gesicht. Er fröstelte ein wenig, zog seinen Anorak etwas fester an seinem Körper. Die Sterne leuchteten durch die klare, kalte Dunkelheit. Als er die Hofpforte öffnete, war ihm als sähe er einen Lichtschein aus dem Flurfenster strahlen. Hatte er vielleicht im Badezimmer das Licht angelassen? Als er jedoch genauer hinsah, war nichts dergleichen mehr zu sehen. Er pfiff ein Lied vor sich hin, spürte aber innerlich, das irgend etwas nicht stimmte. Dieses Gefühl ließ ihn auch nicht los, als er die Haustür öffnete und eintrat. Im Gegenteil, es wurde tatsächlich noch um einiges stärker. Am unsichersten war er, als er sich seiner Schule entledigte. Beobachtete ihn jemand ? " Ach Quatsch. Geh und schnappt der eines der Bücher, die du dir ausgeliehen hast und lies es. "Die Tür seines Zimmers, die ins Schloß fiel, hörte sich merkwürdig an. Der Klang fiel doppelt im Raum auf. Ein Umstand, der ihm ein wenig in Verwirrung brachte aber später nicht weiter interessierte. Nachdem er in die Badewanne gesprungen und sich in den Schlafanzug geworfen hatte, ging ihm noch einmal dieses merkwürdige Gefühl durch den Kopf, das ihm unten im Flur befallen hatte. Diese Unsicherheit. Dieses Gefühl von irgend etwas bedroht zu werden. Er faßte sich nachdenklich hinter seinen Kopf, schüttelte den Kopf und warf sich auf sein Bett, in dem er, nachdem er noch einige Seiten gelesen hatte nach zwei Stunden friedlich vor sich hindösend einschlief.

Am nächsten Tag verlor sich die Sonne hinter einer dichten Wolkendecke und es war kalt. Helmut Rohrbeck war schon ziemlich früh aufgestanden und hatte, den an vielen Stellen undichten Zaun um sein Grundstück repariert. Er schlief nie besonders langen. Auch nicht am Sonntag, wo er es eigentlich hätte tun können. Für ihn waren fünf bis sechs Stunden völlig ausreichend. In dem Haus war es noch still seine Frau und sein Sohn schliefen wahrscheinlich noch, jedenfalls war es in den Zimmern dunkel. Doch aus dem linken Giebelfenster fiel ein Lichtstrahl aus dem Haus. Helmut sah auf seine Armbanduhr. Sechs Uhr achtundvierzig. Er besah sich das letzte Feld des Zauns, stellte fest, das es noch in Ordnung war und brachte das Werkzeug, mit dem er hantierte, in die Garage. Der Mann tat das ganz ruhig, ohne sich unnötig Streß auszusetzen. Seine Tochter die in dem oberen Zimmer schlief war in den letzten beiden Wochen ziemlich früh auf den Beinen und das paßte Helmut ganz und gar nicht. Er wusch sich die schmutzigen Hände und ging die hölzerne Treppe hinauf die in den oberen Stock des Hauses führte.

Helena las gerade angestrengt in einem Buch über unheimliche Kulte in der Vergangenheit als ihr Vater ins Zimmer kam. Sie lag noch im Bett und hatte ihre Nachttischlampe eingeschaltet. Das Mädchen las erst den angefangenen Satz zu Ende, ehe sie aufblicke. "Du bist schon auf?" Helmut Rohrbeck stellte diese Frage, erwartete aber im Gegenzug eine Erklärung. Er setzte sich neben ihr aufs Bett und sah sie streng an. "Wieso schon auf?" Helena blickte auf den bunten Wecker, den sie auf dem Nachttisch zu stehen hatte und hielt sich überrascht die rechte Hand vor dem Mund. "Ich habe noch gar nicht geschlafen. Das Buch ist echt toll." Sie hielt zufrieden das Buch hoch. Doch ihr Vater zeigte sich alles andere als erfreut. Seine Augen weiteten sich, als er das hörte. "Aber dann nichts wie die Schwarte aus der Hand gelegt. Solche Späße fangen wir erst gar nicht an, junge Dame. " Rohrbeck nahm ihr den Wälzer weg, legte ihn unwirsch neben den Wecker und deckte seine Tochter sorgfältig zu, als sie sich niedergelegt hatte. Er hatte Mühe seine Ruhe zu bewahren. Wenn jeder seiner Kinder machen konnte was es wollte, na dann Gute Nacht. Doch der Ärger verflog so schnell, wie er gekommen war. Er konnte seinem Mädchen nicht böse sein. Nicht wenn ihr so wie jetzt die Augen feuchte wurden. "Ist ja gut Mäuschen. War ja nicht so gemeint. Wie war dein Tag heute? Oh ich meine gestern?

"Schön. Obwohl Thomas mit dabei war, haben wir viel Spaß gehabt. Schau dir nur mal an, wie viele Bücher ich ausgeliehen habe. "Sie wies auf ihren kleinen Schreibtisch, auf den zwei Stapel von mindestens vierzehn Bücher lagen. "Da kannst du ja die halbe Schule versorgen. Die willst du wirklich alle durchlesen?" "Na klar. Spätestens in vier Wochen bin ich damit fertig. Paul hat sich auch ein paar mitgenommen. Wenn alle durch sind, dann tauschen wir." "Du weißt sicher das das schlecht für deine Augen ist? Ich meine, so viele Bücher habe ich in meinem ganzen Leben nicht gelesen und du verschlingst sie ja regelrecht. Na ja was solls. Jetzt wird geschlafen. "Er gab ihr einen dicken Kuß auf die Stirn und stand auf. "Gute Nacht, mein Engel!" "Nacht, Papi!" Helmut schloß leise die Tür hinter sich. Er selbst war gestern erst sehr spät nach Hause gekommen und hatte nicht einmal die Zeit gefunden, nach seinen Kindern zu sehen. Ein Fehler, der ihn nicht ein zweites Mal unterlaufen würde. Dessen war er sich absolut sicher. Er öffnete die Tür gleich nebenan. Thomas mußte ihm einfach sagen, ob alles seine Bahn gegangen ist oder ob Paul seine Hände nicht da lassen konnte wo sie hin gehörten. Wenn sein Junge noch schlafen sollte, dann mußte er ihn eben aufwecken. Er mußte einfach sicher sein.

Ronny stand an der Anlegestelle des Ruppiner Sees in Neuruppin und wartete. Der Sachse hatte ihm versprochen, sich pünktlich um zehn Uhr am Vormittag hier zu treffen. Sie hatten vorher telefonisch ausgemacht, daß sie einen Handel mit den kleineren Wertgegenständen, wie Uhren, Ringe, Münzen, jedenfalls den ganzen Schmuck den er und Martin auf ihren Beutezügen ergaunert hatten, durchziehen wollte. Den Rest, die großen Teile, würden sie ihn in ein paar Tagen an einem unauffälligeren Ort übergeben. Alle paar Augenblicke riskierte der junge Mann einen versteckten Blick auf die dunkelblaue Sporttasche, die neben ihm auf dem Boden lag. Ihm war nie so recht wohl bei diesen Übergaben. Man mußte stets damit rechnen, von der Polizei erwischt zu werden. Das war auch der Grund, daß er Martin nicht mitgenommen hatte. Der würde dermaßen nervös sein, das sie sich gleich aufmerksam machen müßten. Aber was sollte es. Er hatte diesen Ort ausgesucht, dann mußte er eben mit der Gefahr leben. Ein älteres Ehepaar schlenderte an ihm vorbei und lachten bei dem Gespräch was sie führten. Sie nahmen ihn zwar zur Kenntnis, beachteten ihn aber nicht weiter. Hinter der nächsten Wegbiegung verschwanden sie schließlich. Ronny atmete tief durch. Er hob seinen Kopf um sich nach dem Sachsen umzuschauen. Zuerst war niemand zu sehen, doch dann kam ein hagerer Mann in einem grauen Anzug und einem schwarzen Mantel mit festen Schritten auf ihn zu. In dem Mann, dessen Gesicht gebräunt von den vielen Solarstudiobesuchen war und dessen kurzem schlohweißem Haarkranz, erkannte er schließlich seinen, wenn man so will, Geschäftspartner. " Da hast du dir ja ein schönes Plätzchen ausgesucht. "Der Sachse blickte seinen Gegenüber verständnislos an. "Du mußte doch vollkommen bescheuert sein. Ich sage dir nur eins, mein Junge, wenn du so weiter machst, mache ich nie wieder Geschäfte mit dir. Ich hoffe wir verstehen uns dabei?" "Tut mir leid! Soll nicht wieder vorkommen. "Ronny schluckte einen dicken Klos hinunter. Er wußte, das man den Sachsen nicht ärgern sollte. Der Kerl konnte richtig gemein werden. Angst hatte er zwar nicht vor ihm, aber Vorsicht ist besser als Nachsicht. Er hob die Tasche auf und legte sie auf die Parkbank, die neben ihm stand. "Du wirst nicht enttäuscht werden, Sachse!" "Erst mal abwarten." Der weißhaarige Mann beugte sich vornüber. Er nahm den Inhalt der Tasche sorgfältig unter die Lupe. Ab und an zog er die Stirn in Falten, derweile umspielte ein Lächeln seine faltigen Lippen. Er trug schwarze Lederhandschuhe, die er selbst bei der Untersuchungen nicht ablegte. Ronny stand neben ihn und grinste vor sich hin. Das er auf sich selbst stolz war, konnte man an seinem Gesicht ablesen. Er verfolgte jede Handbewegung des älteren Mannes sehr aufmerksam, als ob der Kerl sich einen Gegenstand unter den Arm reißen würde. "Das ist alles?" Der Sachse schien allen ernstes noch mehr erwartet zu haben. Seine Gesichtszüge wurden wieder grimmiger. "Reicht das nicht aus?" Ronny konnte einfach nicht Verstehen, was er da hörte. Die ganze Tasche war voll, mit den wertvollsten was er überhaupt gestohlen hatte ."Ich dachte immer, das du Geld verdienen wolltest und nicht ein paar lumpige Mäuse." Der jüngere Mann wollte schon protestieren, doch der Sachse winkte nur ab. "Ist schon gut, mein Junge. Achttausend für den ganzen Inhalt der Tasche." "Achttausend!? Ich hab mich wohl verhört. Das Zeug ist mindestens das zehnfache wert." "Nimm, oder laß es." Ronny hatte die Tasche wieder an sich genommen. Er sah wie ein kleines Kind aus, das man sein bestes Spielzeug wegnehmen wollte. Doch der Bündel Geldscheine, der ihm angeboten wurde reizte ihn mehr, als er sich eingestehen wollte. "Ach Scheiße, gib her!" Die Ware und der Erlös wechselten äußerst schnell den Besitzer. Als ob es sich noch einer anders überlegen wollte. "War eine Freude mit dir Geschäfte zu machen. Also wir sehen uns übermorgen abend mit den Rest der Sachen." Der Sachse drehte sich um und ließ den anderen leicht angesäuert zurück. "Verdammter Geizhals!" hustete Ronny in seine nackten klammen Hände. Es war empfindlich kühl an diesem Tag und der Junge Mann beeilte sich, endlich nach Hause zu fahren wo ihn ein warmes Zimmer und eine schöne Tasse heißen Kaffees erwartete.

Am Dienstag mußte Paul wieder in die Schule. Nach dem langen Wochenende das durch den freien Montag noch ausgedehnt wurde, hatte er nicht die geringste Lust etwas zu lernen. Zudem hatte er nicht gerade die besten Laune. Das Geld, was er für die Zeit der Abwesenheit der Eltern bekommen hatte, war verschwunden. Vielleicht hatte er es irgendwo verlegt, oder an einen anderen Platz verstaut. Darauf, das es jemand gestohlen haben könnte, kam er nicht. Das ganze Wohnzimmer wurde auf dem Kopf gestellt. Sessel verrückt, die Anbauwand durchsucht. Doch keine müde Mark mehr da. Wie sollte er die nächsten Wochen über die Runden kommen? Er besaß zwar noch einundachtzig Mark, die er von dem Ausflug nach Potsdam übrigbehalten hatte, doch viel zu wenig um sich zwei Wochen über Wasser halten zu können.

Sicher würde ihm jemand das nötige Geld borgen, einer der Lehrer, oder Herr Rohrbeck. Doch da müßte schon Ostern und Neujahr auf einen Tag fallen ehe er sich von jemanden Geld erbettelte. Es half alles nichts. Er mußte sich eben einschränken. Vielleicht weniger essen. Weniger trinken. Dann könnte es schon gehen. Wenn das auch noch nicht ausreichen sollte, dann würde er das Essengeld für die Schule einsparen müssen. Möglich, das es dann doch reichen könnte. Paul stand in der Frühstückspause alleine an einer großen alten Eiche gelehnt. Er aß die zwei Wurstbrötchen, die er sich heute morgen in aller Frühe gemacht hatte und reckte dabei sein Kopf in die Höhe. Er versucht unter den herumtobenden Kindern Helena auszumachen. Doch sie war nirgends zu sehen. Monika und Ines, ihre besten Freundinnen, hatte er schon bald erspäht. Aber auch bei den beiden Mädchen war sie nicht zu sehen. "Sagt mal. Ist Helena heute nicht zur Schule gekommen?" Der Junge, trat an die tuschelnden Kinder heran. Beide waren ungefähr gleich groß wie Helena, aber sonst hatten sie nicht viel mit ihr gemein.

Ines hatte braune schulterlange Haare und braune Augen, während Monika kurze dunkelblonde Haare trug, sowie graue Augen hatte. "Ach die ist krank. Thomas hat heut morgen, bei unserem Klassenlehrer ein ärztliches Attest abgegeben. Sie hat wohl die Grippe. "Monika sagte das mit ziemlichen unbehagen. Sie selbst wurde nur äußerst selten krank und wenn sie sich etwas eingefangen hatte, dann aber richtig. Sie mußte dann die ganze Zeit über üble, bittere Medizin zu sich nehmen. Sie fühlte sich dann einfach elend. "Oh. Danke!" Paul ging wieder zurück zum Baum und schluckte den letzten Bissen Essen hinunter. Er ließ sich mit dem Strom der Schulkinder Richtung Klassenzimmer tragen, während die Klingel das Ende der Pause einläutete. Nach der Schule würde er sich auf sein Fahrrad setzen und der Kleinen einen Krankenbesuch abstatten.

Der Tag begann für Helena nicht gerade berauschend. Schon als sie die Augen öffnete fühlte sie sich unwohl. Sie hatte Kopfschmerzen und in ihrem Körper brannte ein fiebriges Feuer. Ihr

Nachthemd klebte durchgeschwitzt an ihrer Haut. Das Mädchen versuchte aufzustehen, doch auch ihre Glieder ließen sie im Stich. Auch die Bettbezüge waren durchgeschwitzt, fühlten sich feucht an. Zu allem Unglück klingelte der Wecker. Das Läuten dröhnte in den Ohren wie ein vorbeifahrender Zug, der sich mit hoher Geschwindigkeit entfernte und dabei sein Signalhorn in Gang gesetzt bekam. Helena holte mit dem Arm aus. Ihr Ellenbogen schmerzte bei jeder Bewegung. Es sah alles so ungelenk aus, da blieb es nicht aus das sie den Ausschaltknopf des Weckers nicht richtig traf und er auf den Boden fiel. Zum Glück, ging er bei diesen Flug nicht kaputt. Denn sie würde sehr traurig werden, wenn er es wäre. Sie hatte ihn seit vielen Jahren und sie hing an ihn wie an ihrem großem Plüschgorilla ° Schnorrer ° der wie schon seit sieben Jahren neben ihr in dem geräumigen Bett schlief. Thomas riß die Tür auf und steckte seinen Kopf hinein um zu sehen, warum denn hier drinnen solch ein Lärm gemacht wurde. "Was zum Geier ist denn hier los!" Er wollte gerade seine üblichen dummen Sprüche loslassen, doch das ließ er schnell wieder bleiben. "Mensch du siehst ja beschissen aus!" Thomas schloß die Tür und kam mit offenen Mund ans Bett. "gleichfalls. Ich bin krank siehst du das denn nicht?" Sie krächzte mehr als das sie sprach. "Das merke ich schon. "Er faßte ihr an die Stirn. "Du glühst ja richtig. Bleib liegen, ich sage Mutti Bescheid." Helena versuchte trotzdem aufzustehen, doch ihr Bruder drückte sie wieder runter. "Ich will aber zur Schule! Laß mich in Ruhe Thomas! Bitte!" Sie versuchte es noch einmal. Aber auch dieses mal ließ Thomas es nicht zu. "Du bist wohl bescheuert. Liegengeblieben." "Was ist denn hier los?" Susanne stand zwischen den Türpfosten und zog ihre Stirn in Falten. Sie trug einen weißen Morgenmantel. Aus ihren, unter wirrem, Haar hervor lukenden Augen, war die Müdigkeit noch nicht gewichen. "Lena ist krank und will nicht im Bett bleiben." Das war doch etwas ganz neues was Susanne da erlebte. Thomas hielt seine Schwester davon ab in die Schule zu gehen. Wenn so etwas geschah mußte sie wirklich krank sein. Denn solch ein Verhalten legte er eigentlich nur an den

Tag, wenn er sich um sie sorgte. Ansonsten stritten sich die beiden von früh bis spät. "Mami, Thomas soll mich endlich in Frieden lassen." "Hol mal das Thermometer aus dem Verbandsschrank." Susanne brauchte nicht genau zu überprüfen ob Helena Fieber hatte oder auch nicht. Ihr Mädchen sah nicht gut aus. Sie wollte aber sicher gehen. "Du verbrennst mir noch." Thomas kam ohne zu laufen, aber mit schnellen Schritten zurück ins Zimmer. Er gab das Thermometer seiner Mutter und stellte sich etwas abseits und beobachtete wie bei Helena die Temperatur gemessen wurde. "Vierzig eins! Thomas ruf Dr. Pohlmann an und sage ihm das er bitte gleich vorbeikommen soll." "Aber Mami, mir geht es doch gut." Helena protestierte, wirkte gleichzeitig zu erschöpft um überhaupt noch große Anstrengungen zu unternehmen. "Das soll wohl ein Witz sein. Jetzt aber ab unter die Dusche, mein Schatz." Susanne half ihrer Tochter beim aufstehen. Es war zu befürchten, das Helenas Körpertemperatur noch um einiges ansteigen könnte. Deswegen würde eine kalte Dusche sicher nicht von

Nachteil sein. Susanne würde jetzt ohnehin zu spät zur Arbeit in den Laden kommen, deswegen mußte sie vorher anrufen und Bescheid sagen das sie nicht arbeiten kommen konnte.

Paul fuhr mit dem Fahrrad Richtung Wildberg. Die Sonne lachte zwar, aber der eiskalte Ostwind kühlte ihn regelrecht aus, so das er fror. Aus seiner Schultasche, die er auf den Gepäckträger geschnallt hatte, rankte ein Strauß rote Rosen hinaus, die er auf dem Weg von der Schule aus einem Gewächshaus das direkt an der Straße lag, mitnahm. Geklaute Blumen sind doch die Besten und wenn sie ihm auf dem Präsentierteller angeboten wurden, konnte man einfach nicht nein sagen. Auf jeden Fall hätte er welche gekauft. Er schenkte seiner Helena oft und gern Blumen. Der Junge mochte es wie sich das Mädchen freute, wie ihre schönen Augen strahlten. Wenn sie dann traurig war, was äußerst selten passierte, versuchte er alles mögliche um sie aufzuheitern. Das gelang ihm immer dann, wenn er ihr ein schönes Buch oder einen Strauß Blumen schenkte. Ein Auto überholte ihn und er mußte auf dem Sommerweg ausweichen, um sich ein wenig von dem Fahrtwind, den das Fahrzeug erzeugte, zu schützen. Er erreichte Wildberg ohne sich großartig angestrengt zu haben. Die Häuser die am Straßenrand standen, machten einen gepflegten Eindruck, obwohl die meisten von ihnen Anfang des zwanzigsten Jahrhunderts gebaut wurden. Paul bog in einen gepflasterten Seitenweg ein und bremste scharf ab, als er sein Ziel erreicht hatte. Das Haus der Rohrbecks, war noch nicht so alt wie die anderen in der Nachbarschaft. Es war aber nicht minder gepflegt. Auch das Grundstück wirkte sauber und ordentlich. Dort standen einige Ahornbäume, die mit kahler Krone auf den Frühling warteten. Hier und dort verirrten sich Blautannen, die direkt an dem weißen Lattenzaun standen, der allerdings an einigen Stellen ausgebessert wurde. Er drückte auf den Klingelknopf an der Eingangstür und wartete. Ein zweites mal. Aus dem inneren des Hausen waren Schritte zu hören. Jemand öffnete die Tür. "Guten Tag Frau Rohrbeck. Ich wollte Helena besuchen kommen. "Der Junge trat sich von einem Fuß auf den anderen und blickte nervös auf die Erde. "Komm herein, mein Junge, sonst wird es hier drinnen noch genauso kalt, wie es draußen ist. "Das ließ sich Paul kein zweites mal sagen, denn seine Hände und seine Füße wirkten wie Eiszapfen an einer Dachrinne. "Das ist nett von dir, das du für Helena Blumen mitgebracht hast, die sind ja wunderschön." "Für die Schönstes, nur das Schönste." "Wir stellen sie in eine Vase und dann kannst du sie so gleich mit hoch nehmen." Sie gingen in die Küche. Im nu war eine Kristallvase mit Wasser gefüllt und die Blumen versorgt. "Ist Helena schlimm krank?" Paul war immer noch verlegen. Er kam nicht oft hier her. Wenn er dreimal hier zu Besuch war, dann war es schon viel. Herr Rohrbeck mochte ihn nicht, jedenfalls glaubte er das, und deswegen trafen sich die Beiden nur in der Schule oder in der örtlichen Bibliothek. "Na ja. Sie hatte heute morgen hohes Fieber gehabt, doch jetzt geht es ihr schon wieder besser. Sie hat bis vor einer halben Stunde noch geschlafen. Kann sein, das sie noch nicht wach ist." "Ich will aber nicht stören!"

seufzte Paul. "Wir sehen einfach nach." Sie gingen die Treppe zu den Zimmern der Kinder hoch. Frau Rohrbeck lukte durch die erste Tür auf der linken Seiten und schoß sie wieder. "Tut mir leid, Paul! Helena schläft noch." "Kann ich trotzdem zu ihr hinein? Ich will sie einfach nur ansehen. Bein ihr sein. Bitte Frau Rohrbeck!" Susanne Rohrbeck überlegte kurz und lächelte dabei. Irgendwie fand sie es rührend was der Junge da sagte. Sie konnte einfach nicht verstehen warum ihr Mann Paul nicht ausstehen konnte. Vielleicht ist es ein Vorrecht der Väter, ihre Töchter vor Jungen zu beschützen. "Na gut! Aber weck sie nicht auf." "Danke!" Paul atmete erleichtert auf. "Wenn irgend etwas ist, dann bin ich im Wohnzimmer." Als die Frau wieder hinuntergegangen war, ging Paul ins Zimmer seiner Freundin und schob den Sessel, der am Schreibtisch stand an ihr Bett. Er tat es vorsigtig, ohne das überhaupt ein Laut zu hören war. Das Polster war bequem und weich. Der Junge versank in dem großen Möbelstück. Die Rosen hatte er sorgsam auf den Nachttisch gestellt. Er saß nur da und sah seine Freundin an. Sie schlief fest. Ihre Augen waren geschlossen und der Mund halb geöffnet. Sie atmete leise, doch ein wenig heiser. Ihr rechter Arm umfaßte den Hals ihres riesigen Stoffgorillas, der ihr die Sicherheit des Schlafes gab. Auf Helenas Stirn perlte der Schweiß auf der Haut. Der Junge stand auf und ging zu dem Mädchen ans Bett. Eine Schlüssel mit kaltem Wasser stand auf dem Fußboden. Den Lappen der darin lag, wrang er aus und legte ihn behutsam auf die schweißnasse Stirn des Mädchens. Sie schüttelte langsam den Kopf, sog stärker die Luft ein. Doch dann beruhigte sie sich und schlief weiter um den Mundwinkeln ein süßes Lächeln das sie so unwiderstehlich machte, das selbst die Krankheit ihrer Schönheit nichts anhaben konnte. "Ich liebe Dich Helena!" flüsterte er und gab ihr einen Kuß auf die gekühlte Stirn. Die Uhr schlug bereits drei. Zeit für den Jungen nach Hause zu fahren. Auch wollte er nicht Herr Rohrbeck begegnen, der es sicher nicht besonders gut fand wenn er bei seiner Tochter war. Auf leisen Sohlen verließ er das Zimmer, verabschiedete sich noch von Frau

Rohrbeck und machte sich auf den kalten Weg nach Hause.

Helmut Rohrbeck kam an diesen Tage erst sehr spät nach Hause. Der Arbeitstag heute war lang und beschwerlich gewesen. Sie mußten bei einem Privatkunden neue Stromleitungen verlegen. Das allein wäre für den Mann ein Klacks gewesen. Doch dieser Kerl, bei dem sie die Leitungen erneuerten, war ein übellauniger alter Kauz der ihm ständig auf die Finger schaute. Bloß keinen Schmutz hinterlassen. Wenn Helmut etwas haßte, dann waren es Leute die sich über die geringste Kleinigkeit beschwerten. Die Rechnung war denen viel zu hoch und an ein vernünftiges Trinkgeld war auch nicht zu denken. Er freute sich auf sein Essen, das dampfend vor ihm auf dem Tisch stand. Rinderrouladen. Mmh. Sein Lieblingsgericht. "Guten Abend, Liebling!" Seine Frau kam gerade von oben und stellte das benutzte Geschirr, das sie trug, in die Spüle. "Guten Abend!" Sein Gesicht hellte sich etwas auf. "Ich habe doch den Kindern mindestens ein Dutzend mal erklärt, das sie in der Küche essen sollen und nicht auf den Zimmern. Außerdem sollte Helena dir doch beim abtrocknen helfen. Sitzt sie etwa wieder oben und liest?" "Iß, sonst wird das Essen noch kalt. Das Geschirr ist von Helena und sie kann nicht abtrocknen, weil sie krank ist." Sie wusch die Teller und das Besteck ab und drehte sich nur ab und zu zu ihrem Mann um. Der zerkaute gerade einen Bissen Fleisch. Hielt plötzlich inne. " Das ist doch ein halbe Ewigkeit her, das sie krank war." Er überlegte ein paar Sekunden, konnte aber nicht genau sagen, was seinem Kind damals plagte. Vielleicht eine Grippe. Wie dem auch sei. Es ist ziemlich kalt draußen und wenn man sich eine Erkältung einfing, ist das nicht verwunderlich. "Sie hat die Grippe." Susanne hatte alles sorgsam im Küchenschrank verstaut und setzte sich zu ihrem Mann an den Tisch. Sie erzählte ihm, das sie eine solch hohe Körpertemperatur hatte, das sie das Kind mit einer kalten Dusche abkühlen mußte, der Arzt ihrer Tochter eine Spritze gegeben hatte, sowie das sie sich erst einmal für eine Woche hatte Krankschreiben lassen. Helmut verging erst einmal gehörig der Appetit. Er hatte sich schon auf seinen Feierabend gefreut. Doch was er da hörte vermieste ihn ihm. "Hallo!" Thomas spazierte in die Küche und holte sich aus dem Kühlschrank eine kalte Cola. "Du bekommst noch Läuse im Bauch, bei diesem kaltem Zeug. Wie wäre es mit heißem Tee oder Milch?" "Nee Paps ich habe jetzt Lust auf was kühles." Helmut nickte nur kurz, sah sich die ölbeschmierten Hände seines Sohnes an. "Wenn du dir nächstes Mal etwas aus dem Kühlschrank nimmst, dann wasche dir gefälligst die Hände. Die sind ja wie erstarrt vor Dreck." "Hab ich vergessen. Bei Lenas Fahrrad war die Kette gerissen. Ich hab es nur repariert." "Es ist ja mal was ganz neues, das du deiner Schwester einen Gefallen tust. Aber sei es drum. Eine nette Sache ist es trotzdem. Sie wird sich sicher freuen, wenn sie wieder gesund ist." Thomas nahm genüßlich einen großen Schluck aus der Flasche und verließ die Küche. "Vielleicht wird aus dem Bengel doch noch mal ein Mensch." Rohrbeck grinste dabei. "Ißt du noch weiter?" Susanne griff nach dem halbvollen Teller.

"Vielleicht nachher. Ich muß erst einmal sehen, wie es unserem kleinen Mädchen geht." Während Helmut auch die Küche verließ, stellte seine Frau das Essen in die Mikrowelle um es später noch einmal aufwärmen zu können.

Zur gleichen Zeit machte Paul einen seiner üblichen Spaziergänge. Ihm führte es die Straße lang, die mit kahlen Bäumen umsäumt war. Der eiskalte Ostwind grub sich in sein errötetes Gesicht. Er wehte stark. Zeitweise sogar stürmisch. Verscheuchte den lockeren Staub von der Straße. Die Schritte des Jungen waren kurz und schnell und er beobachtete jede Einzelheit in seiner dunklen Umgebung. Er hatte die nächsten Zwei Wochen schulfrei, konnte also so lange aufbleiben, wie er wollte. Vor dem sich verfinsterten Horizont verdichtete sich die schwarze Silhouette des alten Gutsschlosses. Das mit einem mal wieder in ihm ein merkwürdiges Gefühl weckte. Etwas Unheimliches nagte an ihm, jedesmal, wenn er dieses Gebäude beobachtete. Eine innere Stimme flüsterte ihm das Wort `Trauer` zu. Er wußte nicht, was er damit anfangen sollte. Aber das was diese Stimme sagte, stellte sich beinahe als die Wahrheit heraus. Ihm war tatsächlich traurig zumute. Die ganze Zeit hatte er eigentlich ganz gute Laune gehabt, doch mit einem Male zerrte eine Depression an ihm, die er bis dahin noch nicht kannte. Komisch. Er war schon einige Male hier vorbeikommen. Dieses ungute Gefühl aber, befiel ihn erst jetzt. Paul drehte ab. Er wollte sich nicht einer Trauer hingeben, von der er nicht einmal wußte welchen Grund sie hatte. Eine ungewöhnliche Anziehung jedoch, ließ ihn abermals umkehren. Seine Beine bewegten sich automatisch. Schritt für Schritt kam er dem alten Gemäuer, das ihn so faszinierte, näher. Der Wind blies dem Jungen Staub in seine Augen. Eiskalt und unangenehm pfeifend trieb er allerlei Späße mit ihm. Paul zog die Kapuze seines Anoraks über den Kopf. Zuerst hatte er einige Mühe, denn die Windböen wollten auf gar keinen Fall nachgeben, doch letzendlich gelang es dem Jungen dennoch seinen Willen durchzusetzen. Die Äste der Bäume knackten um die Wette, als wollten sie eine Art Musikwettstreit gegeneinander führen. Paul nahm das alles gar nicht mehr wahr. Ihm zog es unwiderstehlich zu dem alten Gebäude hin. Irgend etwas war dort drin. Er konnte nicht sagen um was es sich handelte. Vielleicht um eine Art Telepathie mit der er gerufen wurde. Er hörte die Stimme ganz deutlich. Nicht mit seinen Ohren, aber es war in seinem Kopf. Sie war einfach da. Freundlich, aber bestimmend. Zehn Meter vor dem Eingang blieb er stehen. Er sah zu den Fenstern in der zweiten Etage hoch. Aus dem letzten Fenster des rechten Flügels schien etwas zu leuchten. Nur ganz schwach, doch durchaus erkennbar. Ein Licht mit blauem Schein. Paul wurde jetzt unruhig. Sollte er das Schloß betreten, oder es lieber bleiben lassen? Er fürchtete sich ein wenig. Gegenüber anderen zugeben würde er es auf gar keinen Fall, aber hier in der Dunkelheit konnte er es sich schon leisten Angst zu zeigen. Das merkwürdige Licht fesselte ihn. In seinem Innern brannte ein heftiger Kampf ob er nun weitergehen sollte oder nicht. Der Junge entschied sich letztendlich dafür. Die Neugier in ihm war einfach zu stark. Das Quietschen der übergroßen Tür dröhnte im Vorraum. Der Klang der Leere wirkte nachhaltig auf den jungen Besucher. Er konnte zuerst nichts sehen, aber die Augen gewöhnten sich schnell an die fast undurchdringbare Dunkelheit. Der pechschwarze Schatten zu seiner Rechten, konnte nur eine Treppe sein die ins obere Stockwerk führte. Er betrat sie vorsichtig. Ertastete eine Stufe nach der anderen mit festem Schritt. Das morsche Holz ächzte unter dem Gewicht des Jungen. Es protestierte geräuschvoll gab aber dennoch nicht nach. Paul hielt sich an dem staubigen Geländer fest. Er sah ihn nicht, konnte den Schmutz aber auf seinen Handflächen spüren. Am oberen Ende der Treppe angelangt, sah er zunächst nach links dann nach rechts und dann wieder nach links. Geradeso wie er es als kleines Kind im Straßenverkehr gelernt hatte. Er hielt sich linker Hand. Das Ende des Flures schimmerte ihm im herrlichen Blau entgegen. Die magische Anziehung war hier oben weitaus stärker als draußen vor dem Gebäude. Wieder durchdrang ihn das unschöne Gefühl von Trauer und Niedergeschlagenheit. Doch die Beine gehorchten nicht mehr seinen Willen.

Sie trugen ihn Meter um Meter dem Licht entgegen. Das so schön wirkte und so blau. Stimmen durchdrangen diese Schönheit. Leise Stimmen. Aber bekannte.

Helmut betrat leise das Zimmer seiner Tochter. Doch das hätte er sich auch ersparen können. Helena war wach. "Hallo, Papi!" "Hallo, mein Engel! Du machst ja mit uns vielleicht Sachen. Ist dir immer noch schlecht? Siehst ziemlich be...scheiden aus!" Helmut lag ein deftigeres Wort auf der Zunge sagte es aber nicht. "Es geht so. Leichte Kopfschmerzen habe ich. Aber im Gegensatz zu heute morgen fühle ich mich regelrecht pudelwohl." Sie zog die Luft schniefend durch die angeschwollenen Nasenlöcher. "Schlaf ist und bleibt doch die beste Medizin." sagte Helmut, der neben dem Bett seiner Tochter stand und ein Blick auf den Nachttisch richtete. "Mit dem Zeug, was dir der Arzt verschreiben hat, lernst du höchstens das Grimassenschneiden." Er verzog das Gesicht zu einem solchen und brachte somit Helena, trotz ihres Unwohlseins zum Lachen. "Ja! Lachen ist besser als alles andere. Huh..." Nun machte er noch Helenas Gorilla Schnorrer nach. "Hör auf! Sonst wird ich gar nicht mehr gesund." Sie strahlte über ihr ganzes, aber blasses Gesicht. Ein leises, kaum wahrnehmbares Summen erfüllte den Raum. Das Mädchen konnte es nicht hören und Helmut ignorierte es, da er mit dem Geräusch nicht viel anfangen konnte. Er schaute sich zwar im Zimmer um, fand aber nichts. "Schlaf schön." Er umarmte seine Tochter und gab ihr einen dicken Gute Nacht Kuß. "Nacht Papi!" Das Rauschen erfüllte den ganzen Raum. Auch kurz bevor er das Zimmer verließ, sah er sich noch einmal um. Doch wiederum nichts. Als er die Tür hinter sich schloß spürte er ein trauriges Gefühl in sich hinaufsteigen. Er fand keine Erklärung dafür, deshalb schüttelte er es hastig ab.

Paul sah sich die kleine Unterhaltung an. Alles war so real als er diesen Raum am Ende des Korridors betrat. Das blaue Licht blieb, doch der Raum war Helenas Zimmer und das Mädchen und ihr Vater waren hier drin. Er konnte sie riechen, sie fühlen, sie hören. Er berührte die

Beiden an ihren Händen. Er spürte das warme Gefühl ihrer Haut, doch sie ignorierten ihn, als wenn er nicht anwesend war. Er war nicht anwesend. Im Schloß. Er war im Schloß. Dem alten Gemäuer das seine Gedanken zu verwirren begann. Erst verschwanden die beiden Menschen danach das Zimmer. Er schimmerte nur noch dieses mysteriöse blaue Licht, das ihn traurig stimmte. Zuerst wurden alle Gegenstände transparent, dann waren sie weg, als ob sie nie dagewesen wären. Paul holte tief Luft. Wenn das weiter so ging, dann würde er noch reif für die Klappsmühle werden. Der Junge lief rückwärts, drehte diesem merkwürdigen Raum nicht den Rücken zu. Als er den Zimmereingang erreichte hatte fing, das Licht zu pulsieren an. Langsam immer schneller werdend, erreichte es nach kurzer Zeit einen neuen Höhepunkt. Menschen, Landschaften, Pflanzen, Tiere. Alles flog in Windeseile durch den Raum. Nach zehn Sekunden beruhigte das Licht sich etwas und Bilder die keine waren, spotteten jeder Realität. Er befand sich auf einer Straße. Zuerst erkannte er sie nicht vor lauter

Aufregung. Doch bald erwies sie sich als Humboldtstraße. Jene Straße, die an der Schule vorbeiführte. Helena tauchte vom Schulhof her auf und stellte sich an die Bushaltestelle, von der die Kinder abgeholt wurden. Es standen noch ein Dutzend andere Kinder dort. Einige jüngere. Einige aus der neunten Klasse die sich übermütig balgten. Helena stand direkt neben ihnen. Sie schaute auf die Straße. Von der Kurve her näherte sich der Bus. Das Gedrängel um die besten Plätze wurde immer heftiger. Die Größeren schubsten die Kleinen aus dem Weg. Helena die seelenruhig abwartete, wurde von hinten zur Seite gestoßen. Das kleine Mädchen versuchte sich an irgend jemanden festzuhalten, doch sie fand keinen halt. Sie stürzte vor den noch rollenden Bus. Ein lautes quietschen der Bremse durchquoll die Atmosphäre, vermischte sich mit dem erschreckten Schrei des Kindes. Plötzlich kehrte Stille ein und die Bilder verschwanden unter tragischem Surren. Paul schluckte einen dicken Kloß hinunter. Sein Herz brüllte vor Schmerz auf. Voll entsetzen schleppte er sich aus dem unheimlichen Raum. "Nein, Helena.

Nicht du!" Seine Stimme klang heiser. In ihr hörte man heraus, das der Junge seine Tränen nur mit Mühe zurückhalten konnte. Er lief durch den dunklen Gang, hörte nicht die das Knirschen des Schmutzes unter seinen Schuhsohlen. Vielleicht war er nur einen Schlimmen Alptraum aufgesessen. Schon möglich. Doch jeder der ihn kannte hatte ihn vor den merkwürdigen Geschehnissen, die sich im inneren des Schlosses abspielten, gewarnt. "Geh nicht dort hinein!" sagte man ihn. "Du wirst die Sachen die darin ablaufen nicht verstehen." Mit einem ungläubigen Lächeln hatte er dies abgetan. Doch irgend etwas hielt in die ganze Zeit davon ab, das Gemäuer zu betreten. Hatten die Leute doch die Wahrheit gesagt? Der Junge trat wieder ins Freie. Er spürte die Kühle des Abends durch sein kurzes Haar gleiten, drehte sich zu der großen alten Eingangstür um. Hatte er das Schloß gerade durch diese Tür verlassen? Er konnte sich nicht daran erinnern. Ein dunkler Schleier der Unwissenheit legte sich über sein Gedächtnis. An alles was er hinter diesen Mauern erlebt hatte, fehlte ihm jede Erinnerung. Nur ein unbestimmtes Gefühl von Traurigkeit blieb bei ihm zurück. Das ihm aber auch nicht erklären konnte, weswegen er überhaupt geweint hatte. Seine feuchten Wangen legten ein bedeutungsvolles Zeugnis über die Wichtigkeit des Erlebten ab. Er wischte seine Augen mit einem Taschentuch aus und ging denselben Weg zurück, auf dem er gekommen war, ab und zu schwärmerisch zu den klaren Sternenhimmel hinauf schauend der ihn so faszinierte.

"Ich muß sagen, das ich richtig enttäuscht von dir bin, Alter!" Martin sah sich gerade einen Krimi im Fernsehapparat an. Er sah nicht auf, hob nur die Büchse Bier die er in seiner linken hielt und schlürfte es genüßlich herunter. "Ach leck mich doch!" Ronny saß mürrisch auf einen zweiten Sessel, den er sich neben seinen Kumpel geschoben hatte und tat dasselbe. "Du weißt doch selber, wie geizig der Sachse ist. Es war einfach nicht mehr herauszuholen." "Für läppische acht Riesen schuften wir sieben Monate. Der muß doch nicht alle an der Waffel haben." Plötzlich hielt Martin, der stets eher als ruhig galt, in seinen Bewegungen inne. Ein schiefes Grinsen zog sich von einem Mundwinkel zum anderen. "Weißt du was Alter? Wir machen den Sachsen bei der nächsten Übergabe alle." "Bist`e bescheuert!" Ronny, sonst ein Freund einer härteren Gangart, glaubte sich verhört zu haben. Mit so etwas wollte er absolut nichts zu tun haben. Das brachte einem viel zuviel Ärger und er hatte nicht die geringste Lust den Rest seines armseligen Lebens im Knast zu verbringen. "Das ist die Idee! Der ist doch sowieso ein halber Hahn. Wir schnappen uns ihn einfach von hinten und setzen ihm den Kopf andersherum auf." Ronny bekam den Mund kaum noch zu, so erstaunt war er über seinen Freund. Wie er über den Tod eines Menschen redete, behagte ihm gar nicht. "Ach, einfach so das Genick brechen und damit hat`s sich? Mann, mußte du blöd sein, Alter. Denk erst einmal nach bevor du irgendwelchen Schwachsinn verzapfst. Wenn du den Kerl umnietest werden wir unser Zeug nicht mehr los. Er ist doch die einzige Anlaufstelle, die wir haben. Außerdem hat der Sachse immer nur so viel Geld bei sich, wie er bereit ist zu zahlen. Wenn wir dann doch noch Glück haben und finden einen neuen Hehler, heißt das noch lange nicht, das der großzügiger ist." Martin sagte zunächst kein Ton. In seinen Augen brannte aber ein merkwürdiges Feuer das nichts Gutes verhieß. Ronny fühlte sich nicht wohl in seiner Haut, ließ es aber sich nicht anmerken. "Wenigstens habe ich einen Vorschlag gemacht." "Den kannst du dir sonst wohin stecken. Hör lieber auf mich, dann kommen wir bestimmt weiter." "Aber...!" Ma drin setzte an, wurde aber von seinem Kumpel unterbrochen. "Nichts, aber. Wir machen weiter wie bisher und dabei bleibts. Verstanden?" Ronny sah wieder seine Zeit gekommen. Die kurze Zeit des Selbstbewußtseins von Martin war genau so schnell vorbei wie sie gekommen war. Der Junge stockte wieder in seiner Rede. Ronny wandte seinen Rücken ihm zu, um sich eine neue Büchse Bier zu nehmen. Martins Augen weiteten sich. Er spürte in sich das Verlangen aufsteigen seinen Freund, mit voller Wucht, den Fernseher auf den Kopf zu schlagen. Er hatte es gründlich satt sich von diesen Burschen Vorschriften machen zu lassen. Jedesmal dasselbe. Von wegen Hör auf mich. Das ging ihm auf die Nerven. Seine Eltern waren die Letzten, die ihm dermaßen gegen den Strich gingen und die lagen mit ein paar großen Feldsteinen beschwert, auf dem Grund des Rabentümpels. Der Rabentümpels war schon, als er noch ein kleiner Junge war, sein Lieblingsplatz. Abgestorbene Bäume überwuchert von undurchdringbaren Gestrüpp, markierten ein kleines Wasserloch, das doch gut und gerne zweieinhalb Meter tief war. Es gab viel Streit mit seinen Eltern, Jungen tu dies, Junge tu das. Sie schlugen ihn nicht. Schrein ihn fast nie an. Vielleicht lieben sie ihn sogar. Ganz gewiß taten sie dies. Er hatte alles bekommen was er sich überhaupt wünschen konnte. Aber ihm fehlte immer irgend etwas in seinem Innersten. Etwas Besonderes. Er wollte jemand sein. Nun gut, niemand wußte von dem Verbrechen irgend etwas, das war auch gut so. Aber er selbst wußte, das er zu einer Tat fähig war die keiner von ihm erwartete. Er hatte Respekt vor sich selbst. Das stand ihm, seiner

Meinung nach, auch zu. Seit dem Tag, an dem er seine Eltern erschlagen hatte, hatte er einen Schutzmantel um sein Leben aufgebaut. Das ist nun mittlerweile auch schon drei Jahre her. In der Gegend ließ er verbauten, das sein Vater und seine Mutter weggezogen sind. Manche zweifelten daran und stellten unbequeme Fragen. Warum haben sie nicht vorher ihr Haus verkauft? Darauf antwortete er einfach, das sie sich ein neues gekauft hatten und ihm das alte überlassen haben. Weshalb das? Weil er Geburtstag hatte und achtzehn Jahre alt geworden war. Er ließ sich wenig blicken. Auf dem Hof überwucherten Unkraut und Sträucher den Boden. Das Mauerwerk des Hauses verfiel allmählich. Der Putz bröckelte von der Fassade und die Dachsteine zerbrachen an dem nagenden Zahn der Zeit. Die Einwohner von Wildberg, deren Häuser im Großen und Ganzen gepflegt waren, empörten sich immer und immer wieder über den Schandfleck in ihrem Dorf. Allen voran dieser Rohrbeck. Sein Nachbar stellte ihn oft und wohl auch gerne zur Rede. Doch dessen Worte gingen zum einem Ohr hinein, zum anderen hinaus. Dann hieß es wieder von diesem Kerl. "Dein Vater hat das nie zu so etwas kommen lassen." Oh, wie er dieses Gerede haßte. Was gingen ihm die Meinungen fremder Menschen an. Die sollten sich lieber um ihre eigenen Sorgen kümmern. Im besonderen dieser Rohrbeck, dessen zwölfjährige Tochter sich mit einem vierzehnjährigen Rotzlöffel abgab und dessen Sohn mit seinen Kumpels über seinen Zaun stieg und sein Haus mit faulen Eiern bewarf. "Beim nächsten mal kriegt ihr Stoff, Jungens. Ihr wißt noch nicht wie übel diese Eier stinken können." Er mußte lächeln, bei dem Gedanken wie die Muttersöhnchen nach Hause laufen würden und sich lautstark bei ihren Eltern beschweren würden. "Was gibt es da zu grinsen?" Martin fuhr auf. Er hatte Ronny gar nicht mehr bemerkt und er sah ihn an, als würde er einen anderen Menschen vor sich sehen. " Hey, Alter aufwachen! Schnapp dir ein Bier gleich beginnt das Fußballspiel in der Glotze." Ronny warf eine Bierdose ihm im hohen Bogen zu. Er fing sie mit nur einer Hand auf und riß sie sofort auf. Ein Teil des kühlen Inhaltes schäumte sofort hinaus, das von einem begeisterten Johlen der beiden jungen Männer begleitet wurde.

Etwa zur gleichen Zeit schlich Thomas Rohrbeck über das hintere Stück des Trennzaunes zwischen seines Vaters Grundstück und das von diesen üblen Martin Wesenberg. Es war schon einige Zeit dunkel und ein klarer Himmel sorgte für unangenehme Kälte. Er persönlich fror eigentlich nicht. Nur seine Nase war kaum noch zu spüren. Er zog seine blaue Pudelmütze noch ein wenig tiefer in die Stirn, doch das würde keineswegs das klamme Riechorgan bedecken. Der Junge schniefte verächtlich. Er mochte diese verdammte Kälte nicht. Genauso wenig, wie er die Hitze in den Sommermonaten nicht ausstehen konnte. Er stieg vorsichtig über den Zaun, tastete nach der schwarzen Umhängetasche, in der sich seine gefährliche Munition befand. Etwa zwei Dutzend Eier, in Pappverpackungen ordentlich eingelegt, waren dort aufgestapelt. Udo, sein bester Freund, hatte sie von zu Hause mitgebracht. Eigentlich wollten sie beide sich einen Spaß erlauben, doch Udo hatte schlimme Schmerzen nachdem ihm der Zahnarzt einen Backenzahn gezogen hatte. Thomas hatte Mitleid mit ihm. Er selbst hatte regelrecht panische Angst vor dem Zahnarzt. Er konnte nicht genau sagen warum das so war. Vielleicht hatten sie ihn zu oft mit ihren rüden Methoden weggetan. Der Junge schüttelte sich bei jeden Gedanken an diese Schmerzen. Wie dem auch sei. Er wollte hier seinen Spaß haben und wenn es eben sein muß, dann tat er es alleine. Thomas bahnte sich einen Weg durch das dichte Gestrüpp. Dornen und kleine Äste zerrten an seine Hose, als wollten sie ihm vom gehen abhalten. Das meist abgestorbene Holz knackte unter seinen Schuhsohlen. Er war schon drei Mal hier drüben gewesen, doch diese Male vorher hatte er noch genug Sicht gehabt. Es war im Sommer und jeden Schritt den er machte, konnte er genau platzieren. Seine rechte Hand strich erneut über die Umhängetasche. Noch nichts kaputtgegangen. Erleichtert atmete er aus. Wenn diese Dinger zerbrachen, würde er Meilen weit gegen den Wind stinken. Genau das Gegenteil, das er erreichen wollte. An der Rückfront des Hauses befanden sich zwei Fenster und eine Tür. Durch das rechte der beiden Fenster fiel flimmerndes Licht. Thomas wußte, das sich dort das Wohnzimmer befand. Wesenberg mußte also fernsehen. Er stellte sich vorsichtig an einen neuen Platz, auf dem er sicher und gut geschützt, vor den Blicken anderer, sich vorbereitete.

Martin Wesenberg saß gebannt vor dem Fernseher und kaute an dem letzten Butterbrot, das sich auf dem großen Teller befand, herum. Das Fusßballspiel das heute übertragen wurde, hielt bis jetzt, was es versprochen hatte. Packende Torraumszenen, viele Tore, prima Stimmung. Die Halbzeitpause wurde durch diese unvermeidlichen Werbeeinblendungen überbrückt, die einem das beste Programm vermiesen konnte. Ronny machte sich in der Küche zu schaffen. Für die zweite Hälfte mußte genügend Essen und Trinken bereitgestellt sein. Das Licht in der Küche war ausgeschaltet, die Helligkeit im Korridor reichte völlig aus um den kleinen Raum zu beleuchten. Der junge

Mann schmierte neue Brote und nahm aus dem Kühlschrank zwei Sechserpacks Bier. Er stellte alles sorgfältig auf ein Tablett und wollte gerade zurück ins Wohnzimmer gehen, da flackerte etwas in seinen Augenwinkeln. Er sah etwas genauer hin und lächelte. Martin träumte vor sich hin, wurde plötzlich aus seinem dösenden Zustand gerissen. "Mach nicht so`n Krach Mann." "Wir kriegen Besuch! Komm mal kurz mit, dann zeig ich dir es." Verständnislos sah Martin Ronny an. Er hatte nicht die geringste Lust auch nur eine einzige Minute von dem Fußballspiel zu versäumen. Doch er konnte sich schon denken wer ihn besuchen wollte. Der Nachbarsjunge hatte ihn oft genug Streiche gespielt. Es wurde langsam Zeit, das er es diesem Balg zurückzahlte. Auf Heller und Pfennig. Wesenberg sprang behende auf. Die Bierbüchse, die er in der Hand hielt, verfehlte seinen Platz als er versuchte, sie auf den Wohnzimmertisch zu stelle. Der schäumende Inhalt spritzte auf den alten schon abgenutzten Teppich und hinterließen einen übelriechenden dunklen Fleck auf ihn. Martin kochte innerlich über dieses Mißgeschick unterdrückte aber eine Salve der stärksten Flüche, die er kannte. "Mach mal das Licht aus." Ronny schaltete es sofort aus. Sie verließen auf der Frontseite das Haus. Hier konnten sie ziemlich sicher sein, das der Junge sie nicht sah. Sie schlossen wieder vorsichtig die Haustür und verschwanden auf der rechten Giebelseite Richtung Hof.

Thomas kramte in seiner Umhängetasche, holte aber noch keines seiner Geschosse hervor. Der Platz auf den er jetzt stand war doch nicht der richtige. Er hatte Angst das er, wenn er zum Wurf ausholte, der Länge nach sich auf seinen Hosenboden setzte. Der Junge trat einen Schritt zur Seite und fand schließlich die Stelle, die er suchte. Ein leises Rascheln ließ ihn aufhorchen. Doch als er intensiver hinhörte, war alles wieder still. Selbst der Wind, den er immer zu hören glaubte, war verstummt. Komisch. Er musterte das Haus. Vor wenigen Minuten ging drinnen das Licht aus. Das Schimmern des Fernsehers war noch zu sehen. Die ersten Zweifel, die auch die letzten Zweifel waren, zerstreuten sich wieder in der Dunkelheit. Er schöpfte neuen Mut und wollte schon das erste Geschoß Richtung Häuserwand werfen, da wurde sein Arm brutal nach unten gerissen. Der Junge schrie vor Schmerz auf, versucht sich aus der mißlichen Lage zu befreien, doch er tat das alles vergebens. Vor ihm tauchte das unangenehmen Gesicht Wesenbergs auf, das von einem schiefen Grinsen überstrahlt war. "Was will denn unser Kleiner hier?" "Uns wieder den ganzen Abend versauen!" dröhnte es in sein linkes Ohr. Ronald Schmidt hielt ihn an dem Armen fest, dessen war er sich sicher. Er konnte ihn zwar nicht sehen, aber seine Stimme hatte er schon des öfteren gehört und es bestand kein Zweifel daran, das die Worte aus dem Mund Schmidts kamen, dem besten Freund ihres Nachbarn. "Laßt mich los, ihr Säcke!" Er zerrte stärker an seinen Armen. Es kam jedoch nicht viel mehr dabei heraus, als das ihm eine neue Welle heimtückischen Schmerzes durch die Glieder fuhr. "Aua, ihr feigen Schweine. Zu zweit fühlt ihr euch so richtig stark was! Laßt mich endlich in Ruhe sonst..." Schmidt unterbrach ihn schroff. "Was sonst? Willst du uns etwa fertig machen? Halt mal schön die Luft an, mein Junge. Du verkennst hier völlig die Situation. Das du schon immer ein Großmaul warst, das wissen wir ja mittlerweile, aber auch dir muß doch klar sein, daß du in einer Zwickmühle steckst." Die Stimme von Ronny schwankte von einem erfreulichen Johlen zu einer bedrückenden Eiseskälte. "Du glaubst doch nicht, das wir uns alles von dir gefallen lassen. Keine Spur. Jedesmal nachdem du hier aufgetaucht warst, drei mal im Ganzen mußte ich diesen stinkenden Schleim von der Häuserwand kratzen." Martin steigerte sich immer mehr in seine Wut hinein. Am liebsten hätte er diesen kleinen Bengel eine Tracht Prügel verabreicht, die er sein Lebtag nicht vergessen würde. Doch während Ronny den jungen noch einmal kräftig die Arme nach hinten, und dieser vor Schmerz aufschrie, fiel Martins Blick auf die kleine Umhängetasche. Er grinste übel. "Wir werden die die Haare waschen." Die beiden jungen Männer sahen sich einander lachend an und johlten gemeinsam wie auf Kommando los.

"Eiershampoo!" "Nein bitte nicht." Thomas zerrte und versuchte sich aus seiner mißlichen Situation zu befreien. "Oh doch!" Martin riß ihm die Tasche vom Hals. Zum Glück für Thomas hatte sich der Trageriemen an einer Seite der Tasche mit der Zeit sowieso schon fast gelöst. Deshalb riß er auch problemlos ab. Wenn es nicht so gewesen wäre, dann hätte es für ihn schlimm ausgehen können. Er bot alle Kraft auf die er hatte und windete sich auch fast heraus. Jedenfalls rutschte dem Kerl hinter ihm sein Arm durch die Hand. Ein heftiger Faustschlag jedoch traf ihn direkt ans Kinn. Der Junge torkelte, drohte hinzufallen. Aber einer der Rüpel stützte ihn ab. Blut quoll aus seinem Mund, dessen süßlicher Geschmack sich in aller Schnelle auf der Zunge ausbreitete. Seine traurigen Augen füllten sich mit Tränen, doch er weinte nicht. Wesenberg baute sich vor dem Jungen auf. Seine Züge verfinsterten sich. "Du hast keine Chance. Laß also den Quatsch.!" Er sagte es leise, aber mit sehr viel Nachdruck und leerte den gesamten Inhalt des Beutels auf den Kopf seines jungen Opfers. Das übelriechende innere der Eier lief dem Jungen die Wange hinab. Das es äußerst unangenehm für den Jungen war, das dürfte wohl klar sein. Aber etwas Gutes hatte der Gestank doch noch an sich. Die beiden jungen Männer ließen von ihm ab und suchten schnellstens das Weite. Ein Umstand, der seine Angst und den Ekel der Demütigung jedoch nicht lindern konnte.

"Ich habe Helenas Sachen gleich mit heruntergebracht." Helmut stellte den Korb mit der schmutzigen Wäsche gleich neben den Waschautomaten. Seine Frau nickte ihm freundlich zu und stopfte einen ganzen Wust Weißwäsche in die Trommel. Früher stand die Waschmaschine im Badezimmer. Doch die dortige Enge, behagt keinen von ihnen. Im Keller war noch viel Platz. Deshalb entschloß sich Helmut einen separaten Waschraum zu bauen, der hell gefliest, sogar genug Platz zum aufhängen der Wäsche bot. Früher hatte er sich nur allzu gern dagegen gesträubt, den Waschautomaten in Gange zu bringen. Er mochte es nicht, ständig von einer wichtigeren Tätigkeit abgehalten zu werden. Er überließ es Susanne und seiner Tochter zu waschen. Doch seitdem er es sich hier drinnen gemütlich machen konnte, nahm er seinen beiden Frauen gerne mal diese Arbeit ab. "Hast du deine Arbeitsanzüge mitgebracht?" Susi wühlte im Korb herum und warf sie neben ihn um sie später zu reinigen. Helmut atmete kräftig durch. Er vergaß ständig seine Arbeitssachen und jedesmal machte ihm seine Frau deswegen die Hölle heiß. Dabei konnte er absolut nichts dafür das ihm vor lauter Streß einige Dinge aus dem Gedächtnis fielen. Zum Glück hatte er heute daran gedacht. Auch fiel es ihm heute überhaupt nicht schwer fröhlich zu sein. Die Arbeit ging ihm den ganzen Tag leicht durch. Obwohl er das Leitungen verlegen am wenigsten mochte. Das einzige was ihm wirklich nervös machte war, das Helena ziemlich hohes Fieber hatte. Das war aber nach einen gesunden Schlaf wieder auf ein erträgliches Maß gesunken. Helmut setzte sich auf einen Stuhl, der neben den Automaten stand und sah seiner Frau bei den wenigen Handgriffen zu, die sie noch zu machen hatte. Ein dumpfes machte sie darauf aufmerksam, das jemand das Haus betreten hatte. Helmut sah auf seine Armbanduhr. Achtzehn Uhr und dreiundfünfzig Minuten. Das war mal wieder ganz was neues. Sein Sohn schon so früh zu Hause? Vielleicht lernt er noch rechtzeitig zum Abendbrot zu Hause zu sein. Wenigstens hatte es heute mit der Pünktlichkeit geklappt. "Du hättest dich doch wirklich benehmen können!" Susanne schaute streng ihren Mann an. Der, leicht irritiert, gar nicht wußte von was sie sprach. "Wieso benehmen?" "Na, tu doch nicht so! Wir brauchen hier unten bald eine Sauerstoffmaske." Die Frau zog ihre Stirn in Falten und hielt mit zwei Fingern ihre Nase zu. Übler Gestank umnebelte seinen Geruchssinn. "Pfui Teufel. Da muß ein Abfluß verstopft sein." Doch die waren alle wirklich frei. Der Mann hatte sie erst vor drei Tagen gereinigt. Eine Prozedur, die er mehrmals im Jahr durchführte. Er sah noch einmal kurz zu seiner Frau, die lief ans andere Ende der Waschküche und öffnete eines der beiden Fenster, dann ging er die Kellertreppe hoch. Der Gestank wurde immer penetranter, je mehr er sich in den Hausflur bewegte.

Durch die Scheibe im Badezimmer konnte er sehen, das sich jemand dort aufhielt. Das Wasser aus der aufgedrehten Leitung plätscherte mit kurzen Unterbrechungen ins Auffangbecken hinein. Er riß die Tür auf. Sein Mund blieb offen als er seinen Jungen sah. Der zog sich gerade die Jacke aus und warf sie angewidert in den Korb, in dem die schmutzigen Wäsche landeten. "Wie siehst du denn aus?" Diese Frage hätte er sich nun wirklich sparen können. Er konnte es doch sehen. Thomas` Kopf war über und über mit irgendwelchen Schleim bedeckt. "Vielleicht faule Eier?" ging es ihm erst durch den Sinn. Dabei mußte er für ein Bruchteil einer Sekunde schmunzeln. Doch das Blut, das seinem Sohn die Kinnlade hinunterlief ließ die wenige Heiterkeit wieder gefrieren. Wie ich aussehe? Ich glaube das kann man wohl doch sehen!" Die Stimme des jungen klang trotzig." An der erst besten Mülltonne an der ich vorbeikam, habe ich einen Kopfstand versucht. Wie man unschwer erkennen kann, hat es nicht geklappt." "Die Witze mach immer noch ich hier!" sagte Helmut dem der

Sarkasmus aus den Worten seines Sohnes nicht entgangen war. "Wie ist das passiert?" Der Vater fragte es bestimmend und mit Nachdruck. In Thomas seinem Inneren schien sich ein harter Kampf anzubahnen. Sollte er es seinem Vater sagen, oder nicht? Er mochte es nicht, jemanden zu verpetzen. Auch wenn es sich hierbei um die größten Arschlöcher handelte die sich südlich der Ostsee herumtrieben. Der Junge wog das Für und Wider ab und kam dabei zu dem Schluß, das es sowieso einerlei war. Ob er nun etwas sagte oder es ließ. Sein Vater regte sich dabei nur künstlich auf. Unternahm sicher nichts. Er kannte ihn zur genüge. Kam Helena zu ihm, egal was für ein Problem sie auch hatte, war es nur wenig später aus der Welt geschafft. Aber er konnte sehen, wie er mit sich und seiner Umwelt klarkam. Also sagte er es ihm schließlich. Er vergaß auch nicht zu erwähnen, daß das alles nur ein Scherz sein sollte. Sein Vater hörte zu. Wie ungewöhnlich. Aber wie Thomas es vorausgeahnt hatte, wetterte sein Vater wie er es noch nie erlebt hatte. Er lief rot an und schimpfte über die verdammte

Verbrecherbande, die schon viel zu lange diese Gegend unsicher gemacht hatte. "Am besten, wir gehen gleich zur Polizei. Wir wollen doch mal sehen, ob die mit allem durchkommen. Wundern würde es mich nicht." Helmut wußte, das den Ordnungshütern in den meisten Fällen die Hände gebunden waren. Die Gesetze waren nun einmal so. "Nein bitte nicht!" Thomas pustete kräftig durch. Er war es doch, der sich im Schutze der Dunkelheit auf das Nachbargrundstück geschlichen hatte und deren Bewohner einen Streich spielen wollte. "Warum nicht, wenn ich mal eben fragen darf?" Der Vater war verblüfft über seinen Sohn. "Es hat schon seine Gründe. Vertrau mir einfach. Es ist alles nicht so schlimm, wie es aussieht." Helmut sah seinen Sohn eine Weile verständnislos an. Ihm gefiel diese ganze Sache nicht. Er hatte ein ungutes Gefühl, ließ es sich aber nicht anmerken. Vorsichtshalber untersuchte er noch einmal Thomas` Gesicht und überzeugte sich davon, das alles außer eine aufgeplatzte Lippe heil war. "Ab unter die Dusche und dann ins Bett. Laß dich aber nicht bei deiner Mutter sehen, sonst gekommen wir in den nächsten Tagen gewaltigen Ärger." "Danke Papa!" Thomas` lädiertes Gesicht hellte sich ein wenig auf.

Helmut steckte die Sachen seines Sohnes in einen Plastesack und warf sie draußen in die Mülltonne. Die frische Winterluft tat dem Mann außerordentlich gut. Er sog sie geräuschvoll ein. Die abendliche Dunkelheit brachte das Leuchten der Sterne an diesem kaltem Wintertag voll zur Geltung. Es war schon sieben Uhr am Abend. Auf den schmalen Landstraßen herrschte wenig Verkehr. Nur wenige Fahrzeuge steuerten zu diesem Zeitpunkt durch die Ortschaft. Ihre Scheinwerfer strahlten nur kurz die Wände seines Hauses an und verloren sich dann an den unzähligen Bäumen des Luchs. Der Mann hatte sich mittlerweile beruhigt, doch eine eigenartige Anspannung blieb in seinem Innersten. Ein Seitenblick schoß auf das Nachbargrundstück. Mit ihm ein zorniges Blitzen in seinen Augen. Bei Wesenberg brannte kein Licht. Nur der finstere Schatten des Hauses zeichnete sich am Horizont ab. Wie gerne hätte er diesen Bastard eine Lektion erteilt. Seinem Sohn hatte er versprechen müssen, nicht zur Polizei zu gehen. In Ordnung. Er ahnte, das sein Junge Wesenberg auf dem Leim gegangen war. Faule Eier? Das kannte er aus seiner Kindheit zur genüge. Doch er hatte ihn nicht versprochen sich selber um diese Angelegenheit zu kümmern. Heute noch nicht. Aber zu einem geeigneten Zeitpunkt. Der Kerl wird sicher in nächster Zeit mit einer Reaktion rechnen. "Jetzt noch nicht, mein Lieber! Jetzt noch nicht." Er lächelte kalt und ging mit dem gleichen Lächeln ins Haus zurück. Am nächsten Morgen war es besonders kalt. Die Temperaturen erreichten Minuswerte, die in diesem Winter noch nicht erreicht wurden. Siebenundzwanzig Grad unter Null. Es war kurz nach sechs. Tiefe Finsternis verhüllte die graue Baumlandschaft und ersparte den Leuten den trostlosen Anblick auf die blattlosen Holzgerippe, die im Frühjahr und im Sommer ein herrliches Blätterdach bildeten.

Aus den Schornsteinen, einiger Gehöfte, stieg Rauch empor, der sich hell vom klaren Sternenhimmel abhob. Auf dem

Wesenberggrundstück wurde ein alter VW-Transporter gestartet. Ronald und Martin hatten sich für den heutigen Tag mit dem Sachsen verabredet. Der wollte die großen Sachen inspizieren und dann entscheiden, ob er sie nahm oder nicht. Martin war das alles nicht geheuer. Ihm wäre es lieber gewesen, wenn sie die ganze Sache im Schutze der Nacht erledigt hätten. Martin Wesenberg hatte sich auf merkwürdige Weise beruhigt. Der Martin, den er gestern abend herausgekehrt hatte, war auf einmal verschwunden. Heute war er wieder der schüchterne Zauderer, der sich von allen beobachtet fühlte und sich am liebsten verkriechen wollte. Ronald war das im allgemeinen ganz recht so. Obwohl er es nicht gerne zugab. Aber wenn Martin sich so gab, wie er es gestern getan hatte, dann hatte er fast Angst vor ihm, und es gab nicht allzu viel auf dieser Welt, wovor er sich fürchtete. Diesen jungen Mann, der so schüchtern war, mochte er schon eher. Den konnte man herumschubsen und kommandieren, wie es einem beliebte.

„Hast mal `ne Kippe, Alter?" Ronald war erstaunt darüber, daß es ihn nach einer Zigarette verlangte. Es war ganz schön lange her, daß er sich das letzte Mal eine angezündet hatte. Ronny war nervös, und seine Hände zitterten. Martin, der Beifahrer, würde vielleicht glauben, daß es vom Lenkrad herrührte. Ronny wäre es auch lieber gewesen. Aber jedes Mal, wenn sie ein Geschäft mit dem Sachsen abwickelten, hatte er ein ungutes Gefühl. Dem schmächtigen Mitvierziger konnte man nicht vertrauen. Er spielte falsch, brachte einen in Gefahr. Der frühe Zeitpunkt des Treffens bestätigte das. Auf den Straßen in der Umgebung herrschte in den frühen Morgenstunden relativ viel Verkehr. Da mußte man bei seinen Unternehmungen vorsichtig sein. Viel zu schnell konnte man entdeckt werden und dann für Jahre in den Knast wandern. Das Zittern in seinen Händen wurde stärker. Der blaue Dunst, der durch die Fahrerkabine schwebte, öffnete in seinem Gedächtnis eine Tür. Eine dunkle Erinnerung überkam ihn. Diese Farbe. Jenes Blau, das er irgendwo schon einmal gesehen hatte. Irgendwo? Wo nur? Waldberg, Fehrbellin, Rabenhorst? Rabenhorst, ja das mußte es sein. Doch wo in diesem

verdammten Kaff, das nur wenige Häuser hatte, konnte sich etwas zugetragen haben, das es einem im Gedächtnis hängen geblieben ist. DAS SCHLOSS !!! Das blaue Flimmern im obersten Stockwerk hatte vor einigen Wochen seine Aufmerksamkeit erregt. Zuerst hatte er gedacht, das irgendein Penner sich dort niedergelassen und einen Fernseher eingeschaltet hatte. Doch diesen Gedanken hatte er gleich wieder verworfen. Das Schloß selbst war noch relativ gut in Schuß, doch den Strom hatte man vor über dreißig Jahren bereits abgeklemmt. Er wußte nicht, ob es sein Kumpel es auch gesehen hatte. Gefragt hatte er ihn bis heute noch nicht. Der junge Mann hatte Angst, daß er ihn auslachen würde. Aber wenn irgend etwas in dem Gebäude war, mußten sie es herausfinden, ansonsten liefen sie Gefahr, daß man ihr Versteck entdeckte. Er wischte nervös über die Stirn.
„Martin?"
„Was ist?" Martin lümmelte sich in den Beifahrersitz und hatte die Augen geschlossen. „Hast du es auch gesehen?"
„Was gesehen?"

„Na, das blaue Licht im Schloß! Im obersten Stockwerk auf der linken Seite." Martin sah seinen Kumpel an, als wäre dieser reif für die Klapper.
„Glotz nicht so blöd. Ich bin nicht bekloppt. Dort oben brennt ein blaues Licht." Es klang nicht sehr überzeugend. Er wußte auch nicht, was er glauben sollte. Es konnte ebenso gut die Abendsonne gewesen sein, die sich in den Fenstern widerspiegelte. Das klang allerdings noch unglaubwürdiger. Das würde rot leuchten. Nicht blau. Nein.
„Wenn wir dort sind, können wir uns da mal umsehen. Ich glaube aber, daß du nicht mehr alle Tassen im Schrank hast."
Martin grinste höhnisch.
„Ach leck mich!"
„Komm mir bloß nicht romantisch." Martin grinste noch breiter, und plötzlich lachten beide lauthals los, als wäre es das Witzigste was sie in den letzten Jahren gehört hatten.

Helena und Paul hatten an diesem Morgen schon telefoniert. Dem Mädchen ging es schon wieder wesentlich besser, und sie wollte mit ihrer Mutter zum Ärztehaus nach Neuruppin fahren. Sie

sollte gründlich untersucht werden um sicher zu gehen, daß auch alles in Ordnung war. Der Junge sollte nach der Schule zu ihr kommen. Mama und Papa hatten ihr verboten, das Haus zu verlassen. Aufstehen durfte sie nur, wenn sie ins Bad wollte. Doch ein Gutes hatte die neue Situation. Sie konnte die ausgeliehenen Bücher lesen. Aber das war nur die Hälfte wert, wenn niemand da war, mit dem sie darüber reden konnte. Sie stand vor dem großen Spiegel in ihrem Zimmer und machte sich zurecht. Helena schüttelte den Kopf. Die hüftlangen, blonden Haare, die sie sonst offen trug, waren zu einem Pferdeschwanz gebunden. Sie mochte einfach nicht zum Arzt gehen. Das letzte Mal hatte sie ein Spritze bekommen.
„Schatz? Können wir losfahren?" Die Stimme ihrer Mutter klang freundlich, aber auch drängend.
„Jaaa! Ich komme!" rief sie durch die geschlossene Tür. Das Mädchen riß die Ohrenwärmer von der Sessellehne und stülpte sie über den Kopf, während sie die Treppe hinunterlief. Sie hatte das Licht im Laufen ausgeschaltet, doch wenn sie sich umgedreht hätte, wäre ihr

sicher das blaue Leuchten aufgefallen, das durch den unteren, schmalen Türspalt schimmerte.

Thomas war an diesem Tag nicht in die Schule gefahren. Er wollte diesen abartigen Wesenberg eine auswischen. Die Sache von gestern konnte er nicht so leicht verwinden. Er fuhr mit dem Fahrrad auf der Landstraße nach Rabenhorst. Eiskalter Wind blies in sein lädiertes Gesicht und kühlte die angeschwollene Wunde. Sein Herz schlug schnell, aber regelmäßig. Er wußte, daß das, was er vorhatte, gefährlich sein konnte. Bei Kerlen wie Wesenberg und seinem Kumpel konnte man nie wissen, wie sie reagieren würden. Das hatte Thomas am gestrigen Tage zu spüren bekommen. Martin Wesenberg war für ihn immer ein ganz scheuer Hosenscheißer gewesen, der einem nicht einmal in die Augen schauen konnte. Doch wie man sich täuschen lassen konnte. Gestern Abend hatte er im diffusen Licht den Wahnsinn in dessen Augen erkennen können.. Ein Flackern, das ihn zuerst verwirrte und ihm dann die pure Angst in die Glieder gejagt hatte. Seine Furcht war nicht gewichen, auch wenn er mit dem Kerl abrechnen wollte. Aber er konnte Hilfe gut gebrauchen. Deshalb hatte er am gestrigen Abend mit Paul Forster telefoniert. Er konnte den Freund seiner Schwester zwar nicht ausstehen, aber dafür kannte er sich in Rabenhorst aus. Denn dort waren die beiden miesen Kerle jeden Tag. Keiner wußte, warum sie, in dem kleinen Ort, herumhingen, in dem sie auch keine Freunde zu haben schienen.

Paul Forster hatte sich einen Stuhl an das Fenster seines Zimmers geschoben und behielt die Straße nach Waldberg im Auge. Es war immer noch ziemlich finster deshalb konnte er nicht all zuviel erkennen. Der Anruf Helenas hatte ihn in eine Hochstimmung versetzt, die ihn jedes Mal dann befiel, wenn er ihre Stimme hörte. Er pfiff fröhlich vor sich hin und kniff das linke Auge ein wenig zusammen, um das Fahrzeug zu erkennen, das die Straße herunterfuhr. Kein Transporter. Was machte er denn überhaupt? Saß da und beobachtete die vorbeifahrenden Autos, ob es sich um

jene Typen handelte, mit denen er sowieso nicht viel am Hut hatte? Wie hießen sie doch gleich? Ronny und Martin! Die Kerle hatten Thomas eine Beule am Kopf verpaßt. Schön und gut. Verdient hatte er es allemal. Doch er hatte morgen die mündliche Matheprüfung, und da wollte er wenigstens noch einmal in die Bücher schauen. Wieder hörte das Röhren eines Motors und sah die langen Lichtkegel eines Autos durch die Dunkelheit gleiten. Er sah genauer hin, und diesmal war es der alte VW-Transporter, auf den er gewartet hatte. Er wußte schon von vornherein, wohin sie fahren würden. Zum Schloß! Paul schob den Stuhl beiseite und lehnte sich mit dem Ellenbogen auf das Fensterbrett. Zu dem alten Gutshaus wollte er nicht gehen. Erst mal abwarten, bis Thomas auftauchte. Kaum ging ihm dieser Gedanke durch den Kopf, da klapperte auch schon das Zauntor.
„Sind sie schon da?" Thomas war ganz atemlos.
„Vor ein paar Minuten gekommen!" Paul schloß die Haustür wieder ab.
„Ich hab`s doch gewußt. Die führen doch

wieder etwas im Schilde." Sie liefen die Straße entlang, peinlich darauf achtend, daß sie im Falle eines Auftauchens der beiden jungen Männer sofort hinter einen Straßenbaum flüchten konnten.

„Schon möglich. Vielleicht haben die Kerle hier sogar ein Versteck" Paul überlegte kurz. „Bestimmt haben die hier eines, sonst würden die hier nicht so oft herumlungern."

„Klingt einleuchtend. Wenn das der Fall ist, lasse ich die Kerle auffliegen." Thomas grinste. Die haben mich nicht umsonst so zugerichtet. Eines wollte ich dir noch sagen. Ich..." Er stockte kurz. „Ich wollte mich nur noch dafür bedanken, daß du mich nicht hängen läßt." Paul hatte Thomas mittlerweile so gut kennengelernt, daß er sich denken konnte, wie schwer es im fiel, ihn um Hilfe zu bitten. Im Inneren war er ein wenig überrascht, daß Thomas das Wort `Danke` überhaupt über die Lippen bekam.

„Schon gut", sagte er nur kurz und ließ durch nichts seine Verwunderung erkennen. Auf der rechten Seite der Straße konnten sie schon den Umriss des alten Gutshauses erkennen. Erste

Wortfetzen, die eine Böe herüberwehte, ließen Thomas und Paul zusammenfahren. Sie duckten sich und schlichen jetzt mehr, als daß sie gingen. Die Männer, denen sie auf dem Fersen waren, waren ganz in ihrer Nähe. Zum Glück war es noch nicht hell genug, um gesehen zu werden. Die Sonne kämpfte am Horizont gegen gewaltige Wolkenmassen an, die Schnee bringen konnten. Den ersten überhaupt in diesem Winter. Die Jungen schlichen noch ungefähr zwanzig Meter. Dann schob Paul Thomas nach links und flüsterte:
„Da entlang!" Sie kamen auf die Zufahrt des Gutshauses. Ein Rascheln ließ die Jungen plötzlich aufhorchen.

Ronny und Martin standen neben ihrem Fahrzeug und spitzten die Ohren. „Was war das?" Aus Wesenbergs Stimme war Besorgnis herauszuhören. „Halt`s Maul!" schimpfte sein Gegenüber. Es hörte sich lauter an, als es beabsichtigt war, und insgeheim schalt er sich selbst einen Narren. Das Geräusch kam von der Zufahrt her und konnte von beiden nicht so richtig eingeordnet werden.

„Hoffentlich ist uns keiner gefolgt." Wesenberg flüsterte so leise, daß er selbst es kaum verstehen konnte, Thomas und Ronny horchten angestrengt, auch ihre Augen schienen größer zu werden, als sie nach der Ursache des Geräusches suchten. Doch es blieb ruhig.

Die jungen Männer drehten sich bereits um, als wieder das knackende Geräusch eines brechenden Astes zu vernehmen war. Ronnys Hand griff ins Auto. Als er sie wieder herauszog, umschloss seine Faust einen riesigen Schraubenschlüssel. „Wer ist da?" Er rief in die Dunkelheit und wußte aber genau, daß er keine Antwort bekommen würde." Na warte! Ich werde dir eine Lektion erteilen, die du dein Lebtag nicht vergessen wirst!" der junge Mann stolperte vorwärts. Er sah nicht, wohin er ging. Das spärliche Licht des heranbrechenden Morgens machte eine vernünftige Orientierung unmöglich. Aus den Büschen, nur zwei Meter von ihm entfernt, brach plötzlich eine grunzende Gestalt hervor. Ronny wich entsetzt zurück und landete unsanft auf seinem Hinterteil.

Thomas und Paul blieben wie angewurzelt stehen, als jemand in ihrer Nähe etwas rief.. Aber die Stimme kam nicht von der Stelle, wo Zweige zertreten wurden, sondern von einem etwas weiter entfernten Ort weiter links von ihnen. Doch als das Wildschwein vor ihnen aus den Büschen lief, duckten sie sich wie auf Kommando und atmeten erst wieder auf, als sie das wütenden Gebrüll eines der Männer, die sie verfolgten, vernahmen.

Martin lachte lauthals los. Er stand an dem Wagen gelehnt und hielt sich wiehernd den Bauch. Die ganze Szenerie wirkte so lächerlich auf ihn das er sich nicht mehr halten konnte. Wie konnte er nur denken, das sich jemand für das was sie taten interessieren würde. Ein Wildschwein! Ein dummes einfaches Wildschwein, das selber durch die Anwesenheit der Menschen erschreckt wurde und Ronny fiel gleich um, als wäre es ein Dämon persönlich. "Halts Maul! Du verkommener Mistkerl. Ich breche mir meinen verdammten Arsch und du lachst mich aus? Wenn ich wieder hochkomme gibt es eine Tracht

Prügel." Ronald erhob sich schleppend und rieb sich sein demolierten Hintern. "Mach keinen Aufriß Alter! Es war doch nur Wild." Martin grinste nur noch leicht. Ein bißchen Bange war ihm schon. Wenn Ronny ihm Schläge androhte, dann er in der Regel auch welche. "Der Sachse kommt! "Martin atmete einmal mehr kräftig durch. Er wies mit dem Finger auf die Straße, auf der ein Lkw mit Kastenaufbau in ihre Richtung abbog. "Da hast du noch einmal Glück gehabt! Jetzt beginnt der unangenehme Teil der Sache. Kisten schleppen." Die Männer hielten nicht viel von körperlich schwerer Arbeit, deshalb stahlen sie auch nur die wertvollsten Stücke, bei ihnen nächtlichen Einbruchsaktionen. Die waren wenigstens gut zu verstauen und schnell an den Mann zu bringen.

Noch bevor der Lkw bei ihnen angekommen war, verschwanden die jungen Männer in dem großen Eingangsportal und erschienen nur wenige Minuten darauf, vollgepackt mit kleineren Kisten, neben ihren Transporter. Die Jungen konnten mehr

Einzelheiten nicht erkennen, da sie als der Lastkraftwagen den Weg herunterkam, sich tiefer in das Unterholz schlichen. Sollte man es Glück oder vielleicht Pech nennen, das sie Zeuge eines Handels wurden. "Ich sag dir, das ist besser als im Kino!" Thomas flüsterte dermaßen, das Paul Mühe hatte irgend etwas zu verstehen. "Ob das so gut ist, wage ich zu bezweifeln. Wenn uns einer der Kerle erwischt, dann sind wir dran." Paul hatte auch schon genügend Filme gesehen und er wußte, das es ziemlich gefährlich werden konnte, einen Verbrecher bei seiner Arbeit zu beobachten. „Hast du etwa Angst?" Thomas grinste übers ganze Gesicht. Paul wußte nicht, was er darauf antworten sollte. Natürlich hatte er Angst. Doch das würde er diesem Fiesling Thomas auf gar keinen Fall auf die Nase binden. Sie sahen, wie ein schmächtiger Kerl aus der Fahrerkabine des LKW sprang. Er sprach mit den beiden anderen. Wild gestikulierend, aber für den Jungen unverständlich. Ein Kribbeln schoß in Pauls Nase auf, das in dazu zwang, sie zuzuhalten . Die ersten beiden Male konnte er es unterdrücken, doch beim dritten Mal schoß es aus ihm heraus wie aus einer Spritzpistole. „Hatsch... Scheiße!" fluchte er, sauer über sein Mißgeschick, das ihnen den Kopf kosten konnte. Er wußte nicht, ob es die Kerle gehört hatten. Thomas schüttelte entnervt den Kopf, schielte aber dann wieder auf das Gangstertrio, bei dem es verdächtig leise geworden war.

Der Sachse hörte ein zischendes Geräusch. Es schien nicht so recht in die Gegend zu passen. Seine Beschäftigung hatte ihn vorsichtig werden lassen, immer mit einem Auge und einem Ohr seine unmittelbare Umgebung absuchend. „Gesundheit!" sagte er in die Runde. „Ich habe nicht geniest", sagte Ronny. „Und ich auch nicht", sagte Martin, der genau wie sein Freund überrascht dreinsah. „Also doch!" Die Augen des Sachsen wurden zu Schlitzen, die durch die Dunkelheit spähten. Hinter den Büschen am Wegrand konnte sich etwas bewegt haben. Er vermochte aber nur zwei Schatten zu erkenne, die er nicht identifizieren konnte. Der Mann trat ein paar Schritte vor und blieb nur drei Meter vor den Schatten stehen.

Die Herzen der Jungen schlugen heftig. Sie sahen den Mann näher an sich herankommen. Paul zog an Thomas` Jacke und machte eine beruhigende Handbewegung, dann wies er mit dem Daumen nach hinten, um damit zu zeigen, daß sie die nächste Gelegenheit nutzen sollten, die Flucht zu ergreifen. Als sich der Mann von ihnen abwandte, sahen sie die Möglichkeit gekommen. Paul zog Thomas regelrecht hoch und beide stürzten blitzschnell los.

Der Sachse dachte zunächst, daß er sich geirrt hatte. Bei diesem Dämmerlicht wäre dies auch kein Wunder gewesen. Doch plötzlich raschelte es, und trockene Äste brachen ächzend unter irgendeiner Last. Zwei Schatten stoben davon und bahnten sich ihren Weg durch das dichtgewachsene, hölzerne Gestrüpp.
„Los, hinterher!" schrie er den verdutzt dreinschauenden jungen Männern an seiner Seite zu und versuchte dabei selber, so schnell wie möglich die Verfolgung aufzunehmen. „Bleibt stehen!" keuchte der Sachse, der schon

nach den ersten zehn Metern völlig aus der Puste war. Ronny stürmte links an ihm vorbei. Auch Martin war nicht langsamer als sein Kumpan. Seite an Seite erreichten die beiden die Schatten und warfen sich auf sie.

Thomas und Paul sprinteten so schnell sie nur konnten, doch die Kerle hinter ihnen kamen immer näher. Ihr Puls raste regelrecht, als von hinten zwei der Kerle sie zu Boden rissen. „Laß mich los, du Arschloch!" schrie Thomas ohne sich umzudrehen. Einer der Männer versuchte, sich an ihm hochzuziehen. Vielleicht hätte es geklappt, wenn Paul sich nicht eingemischt hätte. Der Junge zog an Thomas` anderem Arm und trat einem der beiden mit seinem linken Fuß direkt ins Gesicht. Wie vom Blitz getroffen, sackte dieser in sich zusammen und brüllte vor Schmerzen auf. Er schlug seine Hände vor seine lädierte Nase, aus der Blut quoll. Das konnte man sogar bei dieser Dunkelheit sehen. Thomas war nicht minder überrascht. „Komm endlich!" Paul schnaufte vor Aufregung. Sie hatten keine Zeit zu verlieren. Er zog Thomas hoch und lief los.

Als der Sachse bei ihnen eintraf, lag Ronny immer noch in der Einfahrt. Martin stand nur ein wenig weiter auf der Straße und winkte resignierend ab.
„Was seid ihr bloß für Flaschen! Laßt euch von ein paar Rotznasen abhängen. Wenn die uns durch die Lappen gehen, dann trete ich euch in die Eier!" Der drahtige Mann atmete kräftig durch.
„An deiner Stelle würde ich nicht solch große Töne spucken. Autsch... Scheiße, tut das weh!" Ronny kam nur mit Mühe wider auf die Beine.
„Ach ja? Ich glaube, das war der letzte Handel den ich mit euch gemacht habe. Mit euch Nieten kriege ich nur Ärger."
„Du bist genauso blöd, wie du aussiehst, Sachse."
„Wie redest du denn mit mir, du scheinst vergessen zu haben, wer ich bin?"
„Ich rede mit dir so wie ich es will, du Flachzange!"
„He!" Der Sachse stand wie versteinert da und suchte nach Worten.
„Autsch. Halt`s Maul, oder du bekommst genauso einen Matschzinken, wie ich ihn habe.!" Der Hehler blieb ruhig.

Vielleicht hatte er nicht gerade Angst, aber die Worte, die an ihn gerichtet waren, machten ihn stutzig. Jedes weitere Wort könnte ihn mit diesen Tölpeln aneinandergeraten lassen.

Martin kam langsam zurück. Er begutachtete seinen Kumpel und klopfte ihn behutsam auf die Schulter.

„Das wird schon wieder." Und mit einem stechenden Seitenblick auf den Sachsen: „ Mach nicht so`n Wind, Alter, ich glaube ich habe einen der beiden erkannt. Die holen wir uns später, heute Abend, wenn es wieder dunkel wird. Erst mal kümmern wir uns um deine Nase, Kumpel."

Die beiden Jungen rannten, so schnell sie nur konnten. Sie wagten nicht einmal, einen Blick nach hinten zu werfen. Sie liefen um den Hof herum und kletterten von hinten über den Zaun, der das Grundstück der Forsters umgab. Als sie im Flur waren und die Tür wieder hinter sich abgesperrt hatten, atmeten sie erleichtert auf.

„Da haben wir noch einmal Glück gehabt!"

„Fürs erste. Hauptsache, die haben nicht

gesehen, wo wir hingelaufen sind." Paul hatte Mühe, seinen Puls wieder auf normale Werte zu bringen.
„Erzähl mir mal die ganze Geschichte!"
„Die ist ziemlich lang."
„Quatsch. Wir haben genug Zeit."
„Thomas sprach mit weitausholenden Gesten, und Paul der ihm gegenüber saß, konnte ein paar nur mit Mühe ein Lachen unterdrücken. Von einem zweistündigen Kampf war die Rede, von einer regelrechten Schlacht auf Biegen und Brechen.
„Mensch, du bist ja ein harter Hund!" sagte Paul, nachdem Thomas mit seiner Geschichte fertig war, nicht ohne eine gehörige Portion Ironie in seinen Worten.
„ Ja, da hast du recht. Wenn die Typen nicht so feige gewesen wären, dann hätte ich bestimmt einen Weg gefunden, sie zu schlagen!" Thomas meinte wirklich, was er da sagte. Paul konnte eigentlich darüber nur den Kopf schütteln. Der Bruder seiner Freundin verwechselte hier völlig Selbstbewußtsein und Selbstüberschätzung. Wenn es einen Grund gab, weshalb er diesen Jungen nicht ausstehen konnte, dann war es sein

Hang zum Sprücheklopfen. Ein großes Maul und nichts dahinter.
„Wir müssen dorthin, um uns genauer umzusehen." Thomas konnte kaum ruhig bleiben.
„Warum das?"
„Wir könnten einige der Sachen, die sie versteckt haben, finden. Vielleicht haben sie im oberen Stockwerk ihr Hauptversteck. Jedenfalls glaube ich das."
Paul hatte keine Lust, wieder zurückzugehen, um sich noch in größere Schwierigkeiten zu bringen. Aber der Gedanke daran, daß sie etwas von dem Diebesgut finden würden gefiel ihm.
„Warum denkst du, daß die Kerle ihr Zeug gerade im oberen Stockwerk lagern, das ist doch viel zu umständlich, den ganzen Kram hoch- und dann wieder herunter zu schleppen?"
„Na ganz einfach." Thomas grinste überlegen. „Durch das Fenster, eines der Seitenflügel, habe ich einmal Licht gesehen. Wesenberg und sein Kumpel waren gerade damit beschäftigt, ein paar Kisten herauszubringen. Ich habe nach oben geschaut und es gesehen." Thomas hielt kurz inne und stutzte. Etwas gefiel

ihm daran nicht.
„Aber da stimmte was nicht. Das Licht war nicht weiß, gelb oder vielleicht rot. Nein. Es schimmerte regelrecht blau."
Sie sahen sich mit großen Augen an. Paul schien über etwas nachzudenken, schüttelte aber dann gedankenverloren den Kopf.
„Das kann ich einfach nicht glauben. Aber irgendwoher kenne ich das blaue Licht. Ich weiß nicht woher, aber..." Paul starrte die Küchenwand an und schlug erleichtert mit der flachen Hand gegen seine Stirn.
„Ich habe mal so was ähnliches gelesen. Komm mal mit. Vielleicht finde ich noch das Buch dazu."
Thomas war ein wenig verblüfft und etwas enttäuscht darüber, daß Paul wieder einmal eine andere Spur verfolgte als er.
Sie gingen in Pauls Zimmer. Thomas staunte nicht schlecht, als er es betrat. Er hatte zwar gewußt, daß Paul las. Aber daß er so viele Bücher hatte, überraschte ihn doch. Es war mittlerweile schon taghell geworden. Grelle Sonnenstrahlen durchdrangen die Fenster und tauchten den Raum in ein gleißendes Licht.

Paul ging direkt auf eines der Regale zu, die am Fenster standen. Er berührte jedes Buch mit seinem Zeigefinger und hielt bei einem bestimmten inne.. Es war das dickste, das Thomas je in seinem Leben gesehen hatte. An die zweitausend Seiten hatte es bestimmt. Ein dunkelblauer, lederner Einband auf dem mit goldener Schrift DIE WELT DES ÜBERSINNLICHEN stand, zierte den Wälzer.
„Mensch, du hast ja eine größere Macke als meine Schwester und das will schon was heißen!" Thomas bekam seinen Mund nicht zu. „Hast du die etwa alle gelesen?"
„Alle. Manchmal lese ich in der Woche zehn Bücher. Aber die meisten davon sind nicht sehr dick."
„Wenn ich in einer Woche einen Satz lese ist es so, als würde ich einen ganzen Roman lesen. Soviel Stunden hat ja nicht mal ein Tag um so viel zu lesen!"
„Man hat immer ein paar Augenblicke, zwischendurch, zum Lesen."
„Das ist die blanke Zeitverschwendung. Wenn ich mir einen Film anschaue, dann ist das einfacher."
„Fernsehen ist die blanke

Zeitverschwendung." Paul setzte sich an den großen, alten Schreibtisch und blätterte in dem großen Buch..

„Ich hab`s doch gewußt!" Paul freute sich, daß er sich nicht geirrt hatte. Er tippte mit dem Finger auf einen Abschnitt des Buches, auf dem ein Farbfoto eines alten, aber gut erhaltenen Schlosses abgebildet war. Thomas erkannte in dem Gebäude das Gutshaus von Rabenhorst.

„Das Schloß steht seit dreißig Jahren leer. Der Besitzer, ein Herr von Reben, starb kurz nach dem zweiten Weltkrieg. Später nutzte man das Gebäude als Sanatorium. Merkwürdige Dinge spielten sich dort ab, und das Merkwürdigste an allem war, daß sich in einem Raum im oberen Stock ein blaues Licht bildete. Es wurde von vielen Leuten gesehen, die meisten lehnten es als Halluzination ab. Doch einige wenige glauben, daß sich dort ein Tor ins Jenseits öffnete."

Thomas hörte gebannt zu. Er begann zu überlegen, ob das Übernatürliche totaler Schwachsinn oder doch ein wenig Wahrheit beinhaltete.

„Wann hat sich das Licht gebildet?"

„Vor zwölf Jahren einen Tag nach Weihnachten!"
„Helenas Geburtstag!" sagten Beide, wie auf Kommando und mußten dabei grinsen.
„Die Sache gehen wir auf den Grund. Am besten gleich heute abend, wenn es dunkel wird!" Für Paul stand fest, daß er dieses Phänomen untersuchen mußte. Das außergewöhnliche Zusammentreffen der Daten des Phänomens und des Geburtstages, seiner Freundin, irritierten ihn. Bestand da irgendein Zusammenhang? Was hatte der Zwischenfall mit dem Mädchen zu tun? Fragen, auf die er keine Antwort fand.
Paul sah auf seine Armbanduhr und seufzte: „Halb neun. Der Tag hat erst angefangen. Du kannst nicht nach Hause. Die Kerle werden, auf jeden Fall, nach dir suchen, versuchen wahrscheinlich dich vor dem Haus abzufangen. Wie essen erst etwas, und dann sehen weiter. Vielleicht machen wir aus dir noch eine Leseratte."
„Vergiß es!" grinste Thomas, beide standen auf und verließen das Zimmer, um sich den Bauch vollzuschlagen.

Ronny und Martin hatten gerade Waldberg erreicht, als die Jungen die ersten Bissen kauten. Sie waren, kurz nachdem sie die unliebsamen Zeugen entwischen lassen hatten, in den Transporter gestiegen und und sofort losgefahren. Der Sachse hatte es vorgezogen, sich aus dem Staub zu machen.
Der hat einfach keinen Mumm", dachten beide jungen Männer, sprachen es aber nicht aus. Obwohl sie zu manchen Zeiten andere Standpunkte hatten, waren sie sich doch einig darüber, daß Thomas Rohrbeck verschwinden mußte. Vom Töten redeten beide nicht, dachten nicht einmal daran.. Als ob sie es nicht wahrhaben wollten, daß es der einzige Weg für sie war, mit heiler Haut davonzukommen.
„Komm, wir gehen nach oben, von da kann man das Grundstück der Rohrbecks überblicken. Ich schmeiß ein paar Kohlen in den Ofen, damit wir uns nicht den Arsch nicht abfrieren."
„Hast du was zu saufen? Vielleicht findest du im Haus noch eine Flasche Schnaps. Scheiß Kälte!" Innerhalb weniger Minuten hatte Wesenberg den

Kachelofen angeheizt. Es dauerte auch nicht lange, bis sich die Wärme ausbreitete. Die beiden schoben zwei, klapprige, Stühle ans Fenster und machten es sich gemütlich. Zwei Halbliterflaschen Klarer wurden geleert. Ein Schluck Martin, ein Schluck Ronald. Die Stimmung wuchs mit jedem Tropfen Alkohol, der in ihre Blutbahn geriet. Stunde um Stunde verging, ohne daß sich bei den Nachbahn etwas tat.

Helena und ihre Mutter waren auf dem Nachhauseweg. Es war nach drei Uhr am Nachmittag. Der kalte Ostwind wehte noch etwas kälter an diesem Tage. Aus der gleichen Richtung schoben sich gewaltige Berge grauer Wolken heran, die noch am selben Abend den ersten Schnee bringen sollten. Helena frohlockte bei diesem Anblick. Einen Abendspaziergang bei dichtem Schneetreiben, das wäre doch etwas. Doch was würden ihre Eltern sagen? Der Arzt hatte gemeint, daß etwas frische Luft ihr nur gut tun konnte. Sie sollte aber erst ihren grippalen Infekt auskurieren, was noch mindestens zwei Wochen dauern würde, vielleicht sogar drei. Das Mädchen verzog ihr Gesicht, als sie an die vielen Medikamente dachte, die ihr der Arzt verschrieben hatte. Sie lugte zwischen den Vordersitzen hindurch zur digitalen Uhr am Armaturenbrett.

„Holen wir gleich Papa ab? Er hat bald Feierabend!"

„Machen wir", sagte ihre Mutter nur knapp, da sie genug mit dem Autofahren zu tun hatte. Die Sicht hatte sich merklich verschlechtert. Der Tag wich allmählich der Dunkelheit, die noch dadurch gefördert wurde, daß sich die Wolkendecke fast vollständig schloß. Der Wagen hielt vor einem alten, aber neu renovierten Gebäude. Einige Leute verließen das Haus, fuhren mit dem Fahrrad in die verschiedensten Richtungen. Andere wiederum stiegen in ihre Autos oder liefen zu Fuß nach Hause. Es waren nur etwa ein halbes Dutzend Personen, und als letzter kam Helmut Rohrbeck. Er blickte überrascht auf und lächelte ein wenig. Statt mit dem Bus nach Hause fahren zu müssen, wurde er gleich von seiner Frau abgeholt. Er gab seiner Frau einen Kuß und winkte seiner Tochter zu.

„Warum seit ihr denn nicht zu Hause?"
„Wir haben noch einige Besorgungen gemacht." Susanne lenkte ihren Wagen sicher durch die schlechte Sicht.
„Oh, nein! Ich glaube, jetzt kann ich mir noch eine zweite Arbeit suchen." Helmut hielt sich die Hand vor den Kopf.
„So viel war das ja gar nicht", sagte Susanne, ohne ihren Blick von der, immer glatter werdenden, Fahrbahn zu nehmen. „ Und überhaupt, irgendwann müssen wir uns ja was kaufen."
„Schon gut. Hattet ihr wenigstens Spaß?"
„Der Zahnarzt hat gesagt, daß ich gute Zähne habe!" Helena sagte es nicht ohne ein wenig stolz in der Stimme. „ Er hat nur nachgeschaut. Nicht gebohrt und nicht gezogen. Gar nichts."
„Schön." Helmut lächelte ein wenig. Wenn er nur vom Zahnarzt hörte bekam er ein ungutes Gefühl in der Magengegend. Er hatte Angst davor. Er spürte plötzlich ein Kribbeln auf der Haut. Es war richtig körperlich wahrzunehmen. Er konnte nicht sagen, daß es ihm unangenehm war. Es war regelrecht wohltuend. Seine Nackenhaare richteten sich auf und ein

leichtes blaues Leuchten erstrahlte im Inneren des Autos.
„Hej! Was ist denn das?" Er blickte fasziniert auf diese merkwürdige Erscheinung. „Seht ihr das auch?"
„Ich sehe nichts" sagte Susanne nur und richtete ihre ganze Aufmerksamkeit auf die Straße. „Was denn!?" Helena sah sich die ersten Schneeflocken an, die sich anschickten, die Gegend unter einem winterlichen weißen Schleier zu begraben.
„Das Leuchten!"
„Was für ein Leuchten? Ich sehe gar nichts." Helena sah ihren Vater an und glaubte, daß er sich wieder einen Scherz mit ihr erlaubte. „Du sollst dich nicht über mich lustig machen! Ich kann das nicht leiden."
„Ich mache mich nicht lustig!" Er stutzt, als er mit ihr sprach. Die Intensität des Lichts veränderte sich bei Helenas Worten. Es wurde stärker, wenn sie sprach, und schwächer wenn sie nicht sprach. „Du siehst es wirklich nicht?"
„Nein, Papa." Sie sah ihn mit strahlend blauen Augen an und widmete sich dem Geschehen draußen.
„Es ist richtig schön", sagte Helmut.

Helena blickte immer noch hinaus und lächelte dabei. Das Rieseln der Flocken war zu einem dichten Schneetreiben angewachsen. Der Wind heulte über die dichte Schneedecke und häufte sie zu großen Schneewehen an. Es war schon dunkel geworden, als der Wagen langsam auf die Hofeinfahrt der Rohrbecks zufuhr. Das Abblendlicht hatte Mühe, durch den dichten Flockenwirbel zu dringen.
Helmut stieg aus und öffnete das Tor. Er kämpfte mit dem eisigen Wind, der ihm erbarmungslos um die Ohren pfiff und jedes Gefühl aus seiner Haut zog. Er lief zur Garage und öffnete auch diese Einfahrt, den Kopf immer geduckt haltend, damit die Kälte keine große Angriffsfläche hatte. Er hörte nicht das Brechen von Zweigen und sah auch nicht die zwei heranschleichenden Schatten, die sich hinter der Garage verbargen.

Thomas und Paul waren zu der Überzeugung gelangt, das es jetzt an der Zeit war aufzubrechen. Sie zogen sich warm an, und außer der gefütterten Jacke gab Paul Thomas auch noch eine gefütterte Wollmütze die Thomas nur widerwillig aufsetzte. Er kam sich darunter wie ein kleiner Junge vor, der sich über das Geschenk seiner Oma freuen sollte. Aber schon als sie die Haustür hinter sich schlossen, schalt er sich einen Dummkopf wegen dieser Gedanken. Dieser komische Wollknäuel auf seinem Kopf schützte vor dieser schneidenden Kälte und blockte den pfeifenden Wind, wenn auch nur wenig, ab. Sie stapften durch die dünne Schneedecke und schoben ihre Hände, mitsamt den Handschuhen, in die Jackentaschen. Sie liefen schnell, ohne ein Wort miteinander zu wechseln und ohne eine kleine Pause zu machen.

Sie bogen in die Einfahrt ein, von der sie heute morgen in wilder Flucht mit Mühe den Dieben entkommen konnten. Die finstere Silhouette des Schlosses baute sich drohend vor ihnen auf. Die geschlossene Schneedecke ließ das Gebäude dunkler und geheimnisvoller denn je erscheinen. Thomas hielt in seinem Schritt inne.

„Hast du Angst?" fragte Paul ohne eine Spur des Vorwurfs in seiner Stimme.

Thomas wollte diese Frage verneinen,

aber warum sollte er jetzt lügen? „Ja, das hab ich!"

„Ich auch, aber wir haben keine andere Wahl."

Oh doch, das hatten sie schon. Sie konnten nach Hause gehen und die Polizei anrufen. Die würden die Kerle einsperren, und das Problem mit ihnen wären sie los. Doch die Wirklichkeit sah anders aus. Sie würden zwar festgenommen. Aber nach einer Weile wären sie wieder auf freien Fuß. Das war einfach nur frustrierend. Sie brauchten Beweise oder, was ihnen am besten erschien, ein Mittel, mit dem sie die Verbrecher unter Druck setzen konnten. Wenn sie es nicht taten, dann würde ihre Zukunft gar nicht rosig aussehen. Wenn sie denn überhaupt eine hätten.

„Ja, du hast recht. Wir müssen weiter." Thomas schluckte einen dicken Kloß hinunter und ging, ohne ein weiteres Wort zu sagen, vorwärts. Sie kamen vor die große Eingangstür und öffneten sie. Einige Mühe bereitete es schon, da die Tür ein wenig klemmte. Die teils scheibenlosen Fenster klapperten bei jeder Windböe. Das Pfeifen des Windes johlte durch die Räume und Gänge des

Hauses und beschwor eine gespenstische Szenerie herauf. Die Jungen zitterten. Auch wegen der Kälte, aber hauptsächlich wegen der Angst, die sie immer mehr spürten.

"Gehen wir erst nach oben, oder fangen wir hier unten an?" Thomas brach zuerst das Schweigen.

„Erst unten. Die hatten nicht genug Zeit, um die Sachen von oben zu holen. Also. Wo würdest du die Sachen verstauen, wenn du sie verstecken müßtest?" Thomas sah sich um. In der Vorhalle befanden sich noch drei weitere Türen und zusätzlich noch der Treppenaufgang. Er überlegte.

„An einem Ort, wo sie leicht zu erreichen sind, aber schwer zu finden. Ich glaube, die Tür neben der Treppe. Die sieht mir unauffällig aus."

Paul nickte zustimmend, und sie gingen durch die geöffnete Tür in einen Gang, in den kein Licht fiel. Die Dunkelheit war schier erdrückend, und Paul tastete nach der Taschenlampe in seiner Jackentasche, die er, kurz bevor sie losgingen, eingesteckt hatte. Der Lichtstrahl machte zerfallene Türrahmen, abbröckelnden Putz und

eingebrochene Fußbodendielen sichtbar.
„Ich hoffe nur, daß die Kerle nicht kommen, und wenn, dann nicht so früh. Wenn die das Licht von draußen sehen , dann sehen wir echt alt aus."
„Mal bloß nicht den Teufel an die Wand." Thomas` Stimme zitterte, verriet die Angst, die er lieber für sich behalten hätte. Das Ende des Gangs zierte ein großes Fenster, dessen Scheiben im Laufe der Zeit zerbrochen waren und deren großzackige Scherben wie das aufgerissene Maul eines Untiers auf sie wirkten. Die Holzdielen knacken bei jedem Schritte, den sie vorwärts taten. Links und rechts zu beiden Seiten befanden sich je vier Türöffnungen, die zu kleineren Zimmern führten. Sie waren noch in einem, relativ, guten Zustand. Aber mit der Zeit würde auch hier die Zerstörung Einzug halten. Muffiger, fast faulig riechender Gestank kroch den beiden in die Nase. Sie schluckten hastig, durchsuchten aber weiter die acht Zimmer, in denen sie aber nichts fanden.
„Mist, Fehlanzeige. Ich dachte, daß wir hier wenigstens etwas finden könnten. Aber was nicht ist, ist eben nicht. Wir gehen in den anderen Flügel. Vielleicht

haben wir da mehr Glück." Thomas konnte seine Enttäuschung nicht verbergen. Jede Minute, die sie hier umsonst suchten, war vertane Zeit.

„Warte mal!" Paul blieb bei der Tür, die zu diesem Teil des Schlosses führte, stehen. „Vielleicht hat das Gebäude hier auch Kellerräume. Wenn das so ist, dann ist da das Versteck."

„Ja, vielleicht. Dann müßte der Gang dahin aber hier in der Nähe sein." Thomas sah sich sofort um, um danach zu suchen.

„Genau!" Paul durchleuchtete die ganze Eingangshalle mit der Taschenlampe. Er wanderte im Kreis und blieb unter der Treppe stehen. Die beiden Jungen sahen einander an.

„Ich gehe mit dir jede Wette ein, daß es dort zum Keller geht und wir da fündig werden."

Paul wartete nicht, bis Thomas irgendwas entgegnete. Er ging gerade auf die Tür zu, riß sie auf und verschwand dahinter.

„Hej, warte auf mich!" Thomas mußte sich beeilen nachzukommen, denn alleine dort herumstehen, das wollte er bestimmt nicht. In den Kellerräumen war

es finster und kühl. An den Wänden spiegelten sich Eiskristalle im grellen Licht der Taschenlampe. Hier gab es nicht mal eine kleine Luke, die nach draußen führte, oder eine Art Kellerfenster, durch das wenigstens ein bißchen frische Luft eindringen konnte. Aber trotzdem war es hier weniger stickig, als eine Etage über ihnen. Vielleicht nur deswegen. Vielleicht nur deswegen, weil diese Räume in der letzten Zeit öfter betreten wurden, als die anderen. Paul ging noch ein paar Schritte und hielt dann inne.
„Da ist es. Jetzt haben wir diese Typen bei den Eiern!" Paul beleuchtete die Tür mit dem großen Vorhängeschloß.
„Und die lassen wir dann nicht mehr los" stimmte Thomas ihm zu und suchte gleichzeitig nach einem Stück Eisen, um das Schloß aufzubrechen.

Helena hörte einen dumpfen Schlag und ein Stöhnen, das von er Garage herüberwehte. Sie war schon ausgestiegen, hatte einige Sachen auf dem Arm, die hinten auf dem Rücksitz gelegen hatten, und wollte sie hereintragen.

„Hast du dier den Kopf gestoßen, Papa?"
Niemand antwortete. Ihre Mutter schloß gerade den Kofferraum auf, um die eingekauften Sachen ins Haus bringen zu können. Sie sagte kein Ton, hatte wohl den Schlag nicht gehört.
„Papa, Hallo!" Sie brachte die Sachen ins Haus und kam, so schnell sie nur konnte, zurück. An der Garage war es ruhig geworden. Auch zu sehen war nicht das geringste. Sie näherte sich der Garage und schrie plötzlich auf. Ihr Vater lag neben dem Garagentor und bewegte sich nicht. Keinen Laut gab er von sich. Sie kniete sich neben ihm hin und dachte im ersten Moment, daß er tot sei. Doch dann stöhnte er, kaum hörbar. Sie sprang auf, schrie nach ihrer Mutter, doch sie war nirgends zu sehen. Der Kofferraum des Autos war noch geöffnet, und dessen Licht brannte noch. Vielleicht war sie drinnen. Sie lief zur Haustür. Doch nur die Tür der Veranda stand offen. Sie zitterte vor Angst.
„Mutti!" Sie schrie, so laut sie konnte. Die Zeit schien davonzulaufen. Ihr Herz hämmerte wie wild, und die ersten Tränen rannen ihr übers Gesicht. Sie stand nur noch da und weinte. Völlig

allein gelassen und mit einer Furcht, die sie in solcher Intensität noch nie zuvor erlebt hatte.

„Hilfe, mein Papa braucht Hilfe!" Der Hals tat ihr vor Anstrengung weh. "Ist denn niemand da, der uns helfen kann?" Doch im selben Moment wußte sie, daß ihr niemand helfen würde. Keiner war da, der auch nur einen Finger rühren würde, um seine Hilfe anzubieten. Das Haus stand zu weit am Rand des Dorfes, und der Wind trug ihre Worte in den Wald, wo sie unverstanden verhallten. Das Mädchen drehte sich um und lief los. Sie wollte ihrem Vater helfen, was immer auch geschehen mochte. Doch plötzlich stieß sie , mit dem Kopf, gegen etwas Weiches.

„Hallo, Schätzchen!" Der Mann vor ihr lächelte, doch das Lächeln erreichte nicht seine Augen. Sie waren kalt und ein wenig belustigt. Helena wußte, daß der Mann vor ihr Martin Wesenberg war. Sie kannte ihn nur zu Genüge, und sie konnte ihn nicht ausstehen. Er konnte aber ihrem Vater helfen.

„Herr Wesenberg, schnell, mein Vater braucht Hilfe, er hat sich den Kopf gestoßen und jetzt liegt er neben der

Garage und kann sich nicht mehr bewegen." Sie war nur noch ein schluchzendes kleines Ding, das die Worte nur noch mit Mühe aussprechen konnte.

„Ist dein Bruder denn nicht hier?" Wesenberg sah sie lauernd an. An Thomas hatte sie gar nicht gedacht. Doch er war nicht zu Hause, die Tür war verschlossen.

„Nein! Keine Ahnung wo der sich herumtreibt. Aber mein Vater braucht Hilfe, bitte!" Wieso wollte der Mann wissen wo Thomas war?

„Wir schaffen ihn in meinen Transporter, da ist genug Platz, und bringen ihn zu einem Arzt. Wesenberg ging zu der Garage, faßte Helmut Rohrbeck unter den Achseln und schleifte ihn die dreißig Meter zu seinem Transporter, der bei ihm auf dem Hof stand. Helena lief ihm voraus, wartete beim verbeulten Fahrzeug ihres Nachbarn. Wesenberg keuchte, als er dort ankam.

„Himmel, ist der Kerl aber schwer." Er riß die Tür auf. Aus dem Inneren hörte Helena, wie sich jemand bewegte.

„Ist da jemand drin?" fragte sie.

„Ja, ich!" Sie zuckte zurück. In dem anderen Kerl erkannte sie den Freund von Wesenberg, Ronald. Den Nachnamen hatte sie vergessen, doch das bösartige Gelächter, das die beiden jetzt anstimmten, würde sie so bald nicht vergessen. Sie lief, so schnell sie konnte, Richtung Gartentor davon.
„Nicht so schnell, kleines Biest." Helena wurde unter den Armen gepackt. Doch sie schrie und strampelte mit den Beinen, versuchte auf jede erdenkliche Art davonzukommen. Sie mußte wohl den Kerl an einer empfindlichen Stelle getroffen haben, denn er brüllte plötzlich los und schnappte nach Luft.
„Oh, Scheiße. Dieses kleine Monster hat mir in die Eier getreten.!" Wesenberg ließ mit einer Hand von ihr ab um sich dahin zu fassen, wo das Mädchen ihm einen Tritt verpaßt hatte. Aber auch aus der Umklammerung des einen Armes kam sie nicht heraus.
„Schluß jetzt!" Er schüttelte sie kräftig durch und trug sie zum Transporter zurück an dem er sie absetzte und grob hineinstieß.
Helena wimmerte leise. Sie blickte nach rechts und nach links. Sie saß zwischen

ihren Vater auf der einen und ihrer Mutter auf der anderen Seite. Ihr Vater schien bewußtlos zu sein, doch ihre Mutter hatte ihre Augen geöffnet. Sie schmiegte sich an sie und spürte, wie das Herz ihrer Mutter raste. Auch sie weinte.
Die beiden Männer sprachen im Fahrerteil des Autos. Sie hatten die Tür hinten verriegelt und es somit unmöglich gemacht, daß Helena hinaus gelangen konnte.
„Warum mußtest du gleich die ganze Familie mitnehmen? Es hätte vollkommen gereicht, wenn du den Jungen geschnappt hättest. Er ist es, den wir wollen. Nicht die Eltern und auch nicht das Mädchen." Ronald war nicht wenig ungehalten darüber. Nicht daß es ihm etwas ausgemacht hätte, etwas gegen die drei zu unternehmen, nein, aber es gab mehr Ärger, als ihm lieb war.
„Alter, du bist genauso blöd, wie du aussiehst. Hast du etwa diesen Bengel irgendwo gesehen? Wenn er dort gewesen wäre, dann hätten wir uns ihn auch geschnappt. Wir hatten keine Wahl. Wir mußten die drei mitnehmen. Außerdem können wir so viel mehr Spaß

haben." Er wies mit dem Kopf nach hinten. „Die Alte sieht doch nicht schlecht aus. Ich hatte eigentlich schon immer ein Auge auf sie geworfen. Nur hat es bis jetzt noch nicht geklappt, und die Kleine erst!" Wesenberg bekam einen gierigen Blick in seine Augen.

„Wag` es ja nicht, sie zu befummeln!" Diese Worte klangen genauso scharf wie bestimmend. „Ich teile auch. Es ist doch genug für uns beide da!"

„Faß sie ja nicht an. Wenn du es doch tust, dann passiert was, das verspreche ich dir."

„Seid wann bist du ein Menschenfreund?"

„Mir sind die völlig egal. Aber du wirst dich auf gar keinen Fall an dem Mädchen vergreifen. Verstanden?" Ein finsterer Blick verriet Wesenberg, daß Ronald es ernst meinte.

„Wie du meinst." Martin gab vorerst nach. Sie mußten hier erst einmal weg. Es war zu gefährlich, mit den Leuten, die sie in ihre Gewalt gebracht hatten, so lange zu bleiben. Der junge Mann gab Gas, und das Fahrzeug fuhr mit durchdrehenden Rädern auf dem schneenassen Boden auf der Straße nach

Rabenhorst davon.

Helena hatte das Gespräch ihrer beiden Entführer mitangehört. Ihre Angst schien sich ins unermeßliche zu steigern. Sie sah nach ihrem Vater, der immer noch ohne Bewußtsein neben ihr lag. Seine Haare waren mit Blut verschmiert. Sie schüttelte ihn kräftig, denn wenn jemand sie hier herausholen konnte, dann war er es. Er mußte es einfach tun.
„Papa, wach auf, bitte!" Sie schüttelte ihn, doch er kam nicht zu sich. Sie erinnerte sich an ein Buch, in dem sie gelesen hatte, wie man erste Hilfe leistete. Das Mädchen holte mit Schwung aus und gab ihrem Vater mehrere schallende Ohrfeigen, die aber von dem monotonen Motorengeräusch überlagert wurden. Er stöhnte leise und bekam noch zwei Schläge hinterher.
„Papa, wach auf, oder ich werde böse."
Er regte sich jetzt, und als Helena zu einem neuen Schlag ansetzte, fing er ihn vorher, ein wenig grob, ab.
„Hej, was soll das, laß deine Hände von mir", stöhnte Helmut Rohrbeck.
„Aua, Papa, ich bin es, Helena!"
„Helena!?" Er drehte sich nach allen

Seiten und wollte sich dabei den schmerzenden Kopf halten. Doch seine Hände waren mit einem Strick auf dem Rücken zusammengebunden.

„Wo sind wir hier? Wir sind nicht zu Hause, und wir sind nicht in einem Krankenwagen! Und wer, verdammt noch mal, hat mir die Fesseln verpaßt?" Helmut ruckte kurz daran, gab dann aber das sinnlose Spiel auf. Er konnte sich noch daran erinnern, daß er das Tor der Garage aufgeschlossen hatte, und dann hatte er sich wohl am Torrahmen den Kopf aufgeschlagen. Doch das glaubte er nur für eine Sekunde. Die Lage, in die sie sich befanden, ließ ihn an einen hinterhältigen Überfall glauben, dem sie zum Opfer gefallen waren. Helena erzählte ihm alles. Ihr Reden wurde häufig von einem heftigen Schluchzen unterbrochen, das Helmut vollends aufs Gemüt ging.

„Hat dir irgend jemand was getan?"

„Nein, Papa!" Solch herzzerreißendes Schluchzen seiner Tochter hatte er, bis jetzt, noch nicht erlebt und es brach ihm das Herz. Er war kein Mörder, doch eines war gewiß: Wenn einer dieser Bastarde seiner Tochter was zu Leide tun sollten, brachte er einen nach dem anderen um. Er sah nach seiner Frau, auch ihr schien nichts weiter passiert zu sein, doch auch sie weinte, was Helmut Rachegelüste noch steigerte.

„Hör`zu, Mäuschen. Versuche, meine Fesseln zu lösen und dann krabble zur Tür. Wir kommen hier schon heraus, das verspreche ich dir."

Zum Glück konnten die beiden Männer, die sie entführt hatten, sie nicht sprechen hören. Eine Trennwand teilte den Transporter, in der nur ein kleines Fenster, mit einer Schiebetür versehen, eingelassen war. Das war geschlossen, und auch das Motorengeräusch war laut genug, um ein lautes, ungestörtes Gespräch führen zu können.

Helena versuchte, den Knoten der Fessel zu lösen, doch es schien wie verhext, er ging einfach nicht auf. Sie fing wieder stärker an zu weinen, als sie den Strick nicht lösen konnte.

„Ruhig, du schaffst das schon. Du darfst nicht aufgeben." Er lächelte ihr sanft zu, um ihr ein wenig Mut zu machen. Sie versuchte es erneut, aber dieses Mal nicht so hastig wie die Male zuvor. Und siehe da, es ging, wenn auch nur schwer.

Bevor sich Helmut der Fessel vollends entledigte, schielte er nach vorn und als er sah, daß die Kerle mit sich selber zu tun hatten, glitt er zu seiner Frau hinüber. Ihre Augen waren geöffnet, doch ihr Blick war eigenartig starr. Erst als sie ihren Mann sah, kam etwas mehr Leben in sie.

„Geht`s dir gut?" fragte Helmut sie, während er sie vom Knebel befreite und ihre Fesseln löste. Zuerst gab sie keine Antwort, doch dann sagte sie leise, kaum hörbar: „Mir geht es gut." Helmut hatte den Verdacht, daß seine Frau einen Schock erlitten hatte.

„Hör zu, Susie. Wir werden versuchen, die Tür aufzubrechen um hier herauszukommen. Die fahren noch nicht langsam genug, um das heil zu überstehen. Doch bei der nächsten Kurve müßte es eigentlich klappen. Wenn ich die Tür aufgestoßen habe, dann springst du zuerst, dann ich mit Helena."

„Aber ich habe Angst!" Seine Frau zitterte am ganzen Leibe, doch dann riß sie sich zusammen.

„Nun gut", sagte sie etwas fester „aber du wirst als erster springen, dann Helena und danach ich."

Schwindelgefühl regte sich in ihm. Er hatte in kurzen Abständen immer wieder das Gefühl, daß er sich übergeben mußte.. Der Schmerz in seinem Kopf pochte und marterte sein Gehirn auf schlimme Art und Weise.

„Unsere Tochter lasse ich auf keinen Fall allein springen. Draußen ist es glatt, und es ist für das Kind zu gefährlich. Und dich lasse ich auch nicht alleine zurück. Schluß mit der Diskussion."

Susanne wollte noch etwas entgegnen, doch ihr Mann drehte sich um und sah aus das kleine Seitenfenster. Es schneite immer noch. Genauso stark, vielleicht noch etwas stärker, als vor einer Stunde. Die Schneedecke war mittlerweile auf etwa zwanzig Zentimeter angewachsen. Eine Allee flog an ihnen vorbei. Er überlegte, wo sie die Entführer hinbringen wollten. Bei der Dunkelheit und bei dem Schneetreiben war das schwer zu sagen. Sie wurden langsamer. Entweder sie hielten jetzt an, oder sie bogen nach irgendwo ab. Er wendete sich zur Tür hin. In den Augenwinkeln sah er noch das Ortseingangsschild von Rabenhorst. Die Klinke der Innenseite war abgebrochen. Helmut fluchte leise,

und Mutter und Tochter zwängten sich in die Ecke. Er drückte ein paar Mal dagegen, doch sie hielt stand. Das Fahrzeug wurde wieder schneller. Wieder stieg Übelkeit in ihm hoch. Er übergab sich in einer Ecke und schnappte gierig nach Luft.
„Was ist mit dir, Helmut! Ist alles in Ordnung?" Susanne war besorgt, sie wollte zu ihm herüberkommen, doch er winkte schroff ab.
„Bleib da! Wir werden langsamer!" Tatsächlich, sie fuhren nur noch im Schrittempo. Eine Möglichkeit die sie sich auf gar keinen Fall entgehen lassen durften.
Helmut preßte seinen ganzen Körper gegen die Tür. Erst einmal. Dann das zweite Mal. Der Druck ließ die Tür aufspringen.
„Los raus!" Susanne zögerte noch einen Moment, kam aber dann schneller zu der Öffnung und sprang hinaus.
„Komm, Schatz. Jetzt sind wir dran." Das Mädchen Klammerte sich verängstigt an ihn. Er atmete noch einmal kräftig durch, bevor er sprang.

„Was denkst du, was wir mit den

Rohrbecks machen sollten? Wenn wir sie wieder laufen lassen, gehen die doch sofort zur Polizei! Ich habe keine Lust in den Knast zu wandern."

„Das hättest du dir früher überlegen müssen, bevor du so ein Mist verzapfst."

„Du hast doch mitgemacht. Rede keinen Scheiß. Uns bleibt nichts anderes übrig als die ganze Bande kalt zu stellen." Wesenberg sagte es, ohne eine Regung in seinem Gesicht zu zeigen. Das machte selbst Ronny, er eigentlich recht hart war, Angst. Aber auch er mußte zugeben, daß sie sich in eine Situation gebracht hatten, in der es nur diese eine, von Martin angesprochene Möglichkeit gab.

„Vielleicht hast du recht, Martin. Aber ich kann mich damit nicht anfreunden", sagte Ronny mit zweifelnder Stimme.

„Es wird schon halb so schlimm werden. Vorher werden wir uns noch eine Menge Spaß gönnen. Das wird dich auf andere Gedanken bringen. Also, ja oder nein?" Martin sah seinen Freund fragend an.

„Na gut", sagte dieser schließlich zögernd.

„Schön. Zuerst hauen wir den Alten weg, der hat sowieso schon ein Loch im

Schädel, dann gönnen wir uns die anderen beiden." Martin Wesenberg setzte wieder sein teuflisches Grinsen auf. Ronald fragte sich wieder einmal, wie aus diesem feigen, scheuen Jungen, der Martin einmal gewesen war, solch ein Scheusal hatte werden können. Er hatte zugestimmt. War er dadurch nicht mindestens genauso mies? Alle seine Gedanken kreisten jetzt um das Schicksal der Familie. Er war kein Mörder, gewiß nicht, aber wenn sie sie am Leben ließen, mußte er zwangsläufig in den Knast, und das wollte er sich auf jeden Fall ersparen. Sie bogen in die Einfahrt vom Schloß ein, wie so viele Male in den letzten Monaten. Sie fuhren langsam und vorsichtig, so daß sie sich nicht noch festfuhren. Ronny hörte ein Geräusch das hier nicht herpaßte. Ein Knacken oder mehr ein dumpfes Poltern. Er sah in den Rückspiegel und erschrak gewaltig. Die Hintertür stand offen.

„Halt an, Mann! Die sind abgehauen", rief er wütend. Doch insgeheim war er froh darüber, auch wenn er sich es selbst nicht eingestehen wollte. Wesenberg bremste derart heftig, das der Transporter eine Weile schlitterte, ehe er

zum stillstand kam. Er fluchte laut vor sich hin. Gebrauchte dabei jedes Schimpfwort, das ihm einfiel. Er sprang aus dem Wagen und griff dabei zur Taschenlampe, die vorne auf der Ablage lag.
„Die können noch nicht weit sein", sagte er etwas ruhiger und leuchtete die Umgebung ab. Das half nicht viel, denn der dichte Schneefall behinderte seine Sicht stärker, als ihm lieb war.
„Du nimmst die rechte, ich die linke Seite!" Ronny nickte kurz und ging, ohne zu murren, die ganze Zufahrt ab, die zweihundert Meter lang war und zu beiden Seiten von dichtem Gestrüpp flankiert war.

Susanne und Helena hatten den Sprung unbeschadet überstanden. Helmut hatte sich zwar auch nichts getan, aber sein Kopf schmerzte stärker denn je. Er war mit Helena direkt neben einem vermoderten Baumstumpf gelandet. Susanne war nur wenige Meter von ihnen entfernt. Sie kam angerannt um nach ihren Lieben zu sehen. Helmut übergab sich geräuschvoll. Seine Hand griff nach Schnee, den er sich über Stirn und Mund rieb.

„Du siehst gar nicht gut aus", sagte Susanne besorgt.

„Danke. Das ist ein Geburtsfehler mußt du wissen. So sehe ich schon immer aus."

„Über deine blöden Witze will ich jetzt nicht lachen. Dazu habe ich nicht die geringste Lust. Wir müssen schnell weg hier. Wenn die mitkriegen, daß wir herausgekommen sind, dann werden die wohl nicht so freundlich sein wie vorhin." Sie half ihren Mann aufzustehen, der es nur mühsam schaffte, auf die Beine zu kommen.

„Wo wollt ihr hin?" fragte Helena, die neben ihnen stand.

„Ins Dorf, wo denn sonst hin", sagte die Mutter.

„Nein. Wir gehen ins Schloß, da sind wir sicherer." Die Selbstsicherheit mit der das Mädchen das sagte, beeindruckte ihre Mutter. Obwohl Susanne ganz und gar nicht ihrer Meinung war, daß das Schloß nicht annähernd soviel Obhut bot wie das Dorf. Dort waren wenigstens noch Menschen.

„Komm, wir müssen schnell machen", sagte Helena hartnäckig. Das Leuchten

in den Augen ihrer Tochter hatte Susanne noch nie so strahlend gesehen wie jetzt. Vielleicht kam es ihr nur so vor. Wie dem auch sei, sie drehte sich wieder um und ging mit Helena mit, an ihrer Seite hing mehr, als daß er ging, ihr Mann. Um sich herum nahm er eigentlich nicht mehr viel wahr.
Sie waren erst wenige Schritte gegangen, da hielt das Fahrzeug , aus dem sie gesprungen waren. Sie hatten Glück, daß es jetzt stärker schneite. Hinter dem Gestrüpp konnten sie in aller Ruhe weiter laufen., ohne daß sie von den beiden Verbrechern gesehen wurden. So erreichten sie schließlich den alten Gutssitz.

Paul und Thomas waren immer noch im Keller, als sie herannahende Stimmen hörten. Sie konnten sie nicht verstehen, denn der eisige Wind pfiff unablässig durch die schwarzen Fensterhöhlen. Sie hatten die Tür des Verstecks immer noch nicht aufgebrochen. Nichts von dem, was sie gefunden hatten, um das Vorhängeschloß zu öffnen, hielt dessen guter Qualität stand. Sie machten ihre Taschenlampe aus und gingen, sie mühevoll vorwärts tastend, zu der Kellertreppe. Die Stimmen wurden lauter, konnten aber immer noch nicht verstanden werden. Dann wurde es plötzlich ruhig. Den Jungen stand, trotzt der Kälte, der Schweiß auf der Stirn. Man hatte sie womöglich entdeckt und plante jetzt ihre Überrumplung. Doch der leise Ton der Schritte verriet ihnen, daß die ungebetenen Gäste in die obere Etage gingen. Sie stöhnten leise vor Erleichterung. Aber warum gingen sie hoch und kamen nicht zu ihnen hinunter? Eine Frage, auf die sie gerne eine Antwort gehabt hätten.

„Ich bin ja nicht neugierig, aber wissen will ich doch, warum die da hochgehen. Das sollten wir uns mal genauer ansehen." Paul flüsterte nur.

„Vielleicht ist das Versteck doch nicht hier unten", sagte Thomas.

„Möglich ist alles. Das Vorhängeschloß dort drüben ist hier aber nicht zum Spaß." Sie faßten den Entschluß, daß sie sich zuerst um die Gäste, dann um den Rest im Keller kümmern wollten. Die Jungen stiegen sehr vorsichtig die Stufen hinauf. Jeder Schritt wurde begleitet von wachsender Angst. Furcht davor, entdeckt zu werden. Angst davor, daß sie aus dem Dunkel niedergeschlagen werden konnten, ohne jede Vorwarnung. Sand und Putz, der von der Decke gefallen war, knirschten unter den Schuhsohlen. Sie standen jetzt auf der Ebene, auf der sich die Flure des oberen Stockwerks teilten. Paul blickte nach rechts, dann nach links. Horchte in sich hinein, ob ihm sein Gespür weiterhelfen konnte. Er wußte, daß er nach links gehen sollte. Es zog ihn einfach dorthin. Thomas stand hinter ihm, sagte aber nichts. Ihm erging es ähnlich wie Paul. Er sah nur stumm nach vorn und ging dem anderen Jungen hinterher. Der Gang war finster, wie fast überall in dem alten Gemäuer. Wie im anderen Flügel des Schlosses waren auch hier zu beiden Seiten vier Räume, die alle keine Türen mehr besaßen. Die Luft hier war relativ angenehm, da die meisten Fenster sowieso kaputt waren und eine ordentliche Brise Zugluft durch die Räume wehte. Als sie den ersten Raum erreicht hatten und schon fast vorbei waren, fiel dort drinnen etwas zu Boden. Paul blieb stehen, sah nach hinten. Thomas wagte erst gar nicht, sich

umzudrehen. Seine Lippen formten einen Satz. Aus seinen Mund jedoch kam kein Laut. Paul stand da und rümpfte ein wenig die Nase. Er bewegte seinen Kopf ganz langsam, schloß dabei seine Augen. Er roch etwas, daran bestand kein Zweifel. Nur was? In der Luft lag ein angenehmer, für ihn vertrauter Duft. Doch das konnte nicht sein. Spielten ihm seine Sinne eine Streich?
„Hier riecht`s nach Shampoo", sagte er nur zögerlich.
„Ja, wirklich!" Auch Thomas roch es. Sie betraten den Raum.
„Hej, Papa! Du kotzt mich an", sagte er, sich vor Ekel fast abwendend. Aber der Zustand, in dem sich sein Vater befand, war besorgniserregend. Seine Mutter und seine Schwester kamen aus einer finsteren Ecke des Raumes und kümmerten sich um Mann und Vater.
„Was sucht ihr denn hier?" Helena und Paul sagten es fast gleichzeitig, die anderen dachten es nur.
„Wir wollten uns nur ein wenig umsehen." Paul wollte nicht so recht mit dem wahren Grund herausrücken. Susanne kam zu ihnen herüber und

erzählte den Jungen, was Helena, ihrem Mann und ihr selber widerfahren war. Sie erzählte es mit starren Blick und mit der stoischen Ruhe eines Unbeteiligten. Nichts deutete auf einer Entführung hin, nur die müden, glasigen Augen machten vor allem Thomas Angst.

„Die haben gefragt, wo du bist, Thomas! Wollten die etwa was von dir?" fragte Helena, die, immer noch bei ihrem Vater kniend, aufschaute.

Thomas hatte schon eine Art Vorahnung gehabt, als er hörte, daß Wesenberg seine Hände im Spiel hatte. Doch daß sie nach ihm gefragt hatten, machte alles klar. Es traf ihn wie ein Faustschlag ins Gesicht. Ihn traf die Schuld, daß sich seine Familie in Gefahr befand. Ihn traf die Schuld, daß sie alle von zwei Verrückten gejagt wurden, die vor nichts zurückschreckten. Sein Vater war das beste Beispiel. Er lag auf dem Boden und röchelte. Schweiß stand ihm auf der Stirn, und sein Gesicht war aschfahl.

„Er braucht Hilfe. Wir müssen ihn schnell ins Dorf bringen." Thomas schluckte nervös.

„Das habe ich auch schon gesagt, aber deine Schwester ist da ganz anderer

Meinung." Susanne kicherte ein wenig, hielt sich dann aber erschrocken eine Hand vor dem Mund.

„Warum denn das?"

„Wir sind hier sicherer." Helenas Stimme klang leise, aber fest.

„Wieso?" fragte Paul.

„Weil ich es weiß!" Das Mädchen sagte es wieder leise.

„Wieso gerade hier?" fragte Paul.

„Weil ich es so will." Die Ruhe Helenas war geradezu verblüffend.

„Weil du es so willst? Papa geht es schlecht, und ihr habt keine Hilfe geholt, weil du es so willst?" Thomas bekam seinen Mund nicht mehr zu. Er war jetzt stinksauer. Am liebsten hätte er seiner Schwester ein paar Backpfeifen gegeben. Ihre Antwort war absolut nicht akzeptabel.

„Reg dich nicht auf, Thomas. Ich weiß, was ich tue. Du solltest Vertrauen zu mir haben. Habe ich jemals gelogen?" Sie sah ihn mit ihren durchdringenden blauen Augen an.

„Nein, hast du nicht. Aber trotzdem braucht er Hilfe." Thomas wies mit einer Kopfbewegung auf seinen, jetzt bewußtlosen, Vater.

„Die bekommt er. Paul, du weißt doch, wo dieses Zimmer ist, dieser Raum, wo man das blaue Leuchten gesehen hat?"
„Am Ende des Gangs, auf der rechten Seite."
„Genau, wir müssen Papa da hin bringen." Helena tupfte noch einmal mit dem Taschentuch über die Stirn ihres Vaters.
Paul und Thomas sahen sich ein wenig ungläubig an und griffen dann den bewußtlosen Helmut Rohrbeck unter die Arme. Die beiden Jungen mußten all ihre Kraft aufbringen, um den, über neunzig Kilo schweren Mann überhaupt bewegen zu können. Helena stand auf und ging voraus. Seit sie in dem Schloß waren hatte sie keine Träne mehr vergossen. Sie war ruhig. Ihre Zielstrebigkeit verblüffte alle. Susanne lief hinter den anderen her. Die Frau summte ein altes Wiegenlied, welches sie ihren Kindern immer vorgesungen hatte. Sie war offenbar dabei, ihren Verstand zu verliere. Sie nahm das Äußere gar nicht mehr war. Sie dachte an ihre kleinen Kinder, Helena und Thomas, die sie in den Schlaf wiegen mußte. Sie saß an ihren Bettchen und summte das Lied.

Sie erreichten den Raum, aus dessen Inneren tatsächlich das blaue Licht schimmerte. Was Paul bisher nur vermutet hatte, erwies sich nun als Realität
Das Mädchen stand vor der Öffnung des Raumes. Es wurde heller, und eine leichte Brise des merkwürdigerweise warmen Windes spielte in ihrem Haar. Sie stand da und schloß dabei die Augen, genoß dieses sanfte Umschmeicheln. Paul sah zu ihr und lächelte. Niemand konnte auch nur erahnen, wie er dieses Mädchen liebte.
„Du bist so schön!" Er formte diese Worte nur in Gedanken, wandte nicht den Blick von ihr. „Danke!" sagte sie leise, und auch sie lächelte. Paul hörte es nicht, sonst hätte er sich auch darüber gewundert, daß das Mädchen jetzt auch hellseherische Fähigkeiten besaß. Er stand einfach nur da und war von der Schönheit seiner Freundin dermaßen fasziniert, daß er alles um sich herum vergaß.

„Scheiße, die sind schon über alle Berge." Martin trat wütend gegen den Vorderreifen seines Transporters, als hätte dieser Schuld an dem Verschwinden der Rohrbecks. Sie hatten die ganze Gegend hier abgesucht, jedoch nichts gefunden. Das wäre auch ein Wunder gewesen, denn bei der Schneemenge, die jetzt vom Himmel fiel, konnten sie von Glück sagen, daß sie ihre Hand vor Augen erkennen konnten. Sie hatten es aufgegeben und waren die letzten paar Meter zum schloß gefahren. Sie blieben für kurze Zeit in dem Fahrzeug sitzen, sagten kein Wort und überlegten, was sie als nächstes tun konnten. Ronny sah nach oben.

„"Martin, sieh mal!" Er bückte sich ein wenig, um besser aus dem Wagen sehen zu können. Martin winkte erst frustriert ab. Er hatte genug mit sich selbst zu tun, als sich mit Nichtigkeiten abzugeben. Doch seine Neugier trieb ihn dazu, doch hinzusehen.

„Siehst du es?" Ronny räusperte sich.

„Ja, Alter. Es schein, daß sie sich doch nicht aus dem Staub gemacht haben."

Das Licht, daß sie wahrnahmen, war durch den dicht fallenden Schnee nicht besonders gut auszumachen. Aber das es heller wurde, daß konnte man deutlich erkennen. Vergessen waren all die

Gerüchte und die Tatsache, daß sie das seltsame Phänomen dieses alten Bauwerks schon einmal gesehen hatten. Sie dachten, daß die Geflüchteten sich dort befanden, womit sie ja auch recht hatten, und sich mit einer Taschenlampe den Weg durch die dunklen Gänge des Gebäudes bahnen wollten. Sie dachten nicht darüber nach, daß die Familie gar keine Lampe bei sich trug, als sie sie schnappten. Die Wut und die Angst verhinderten ein klares Denken. „Wenn wir es jetzt vermasseln, dann kommen wir in den Knast. Das werde ich zu verhindern wissen, auch wenn ich dabei alles umlegen muß, was sich mir in den Weg stellt!" Martin riß die Tür auf und sprang hinaus. Mit ein paar Schritten war er an der Eingangstür des Schlosses. Ronny war nicht weniger behende. Die Eingangstür knarrte, als Wesenberg sie aufstieß. Der Ton schallte durch die Flure.
„Nicht so laut!" Ronny ermahnte seinen Kumpel.

Blaues Licht umflutete sie alle. Susanne, Helena , Paul, Thomas und den noch immer bewußtlosen Helmut Rohrbeck.

Der lag in der Mitte des Raumes auf dem Fußboden. Plötzlich zuckten seine Glieder. Erst die Arme, dann die Beine. Helena stand an seinem Fußende. Sie hatte immer noch die Augen geschlossen., konzentrierte sich anscheinend auf etwas, das die Umstehenden nicht verstanden. Der Körper ihres Vaters wurde für einen kurzen Augenblick transparent. Eine durchsichtige Hülle, aber dennoch für alle sichtbar, löste sich vom Körper und stieg die Zimmerdecke empor. Dort verharrte sie einige Sekunden, bevor sie wieder in den Körper von Helmut Rohrbeck eintauchte. Wieder zuckten die Glieder. Die Wunde an seinem Kopf schloß sich, wie bei einer Zeitrafferaufnahme heilte sie binnen Sekunden. Paul und Thomas bekamen ihren Mund nicht zu. Sie waren fasziniert und ängstlich zugleich. Thomas stieß Paul an, denn auch mit seiner Mutter passierte etwas. Ihr Körper blieb starr. Eine weiße Hülle, gleich der ihres Mannes umgab sie. Doch bei ihr stieg die Hülle nicht empor. Sie spreizte sich nur ein wenig vom Körper ab und verlor sich nach ein paar Sekunden

wieder in ihm.
„Sind das ihre Seelen?" fragte Thomas Paul, der nur eine Armlänge neben ihm stand.
„Keine Ahnung. So etwas habe ich in meinem ganzen Leben noch nicht gesehen."
„Sind das ihre Seelen, Lena?" fragte Thomas nun seine Schwester, doch sie antwortete nicht. Paul riskierte einen Seitenblick. Nur grelles blaues Licht. Helena war nirgends zu entdecken. „Sie war doch eben noch hier!" dachte er bei sich selbst.

Tatsächlich hatte sie den Raum, kurz vorher, verlassen. Sie hatte etwas poltern gehört. Sie wußte, daß es die beiden Männer waren, die sie verfolgten. Ein Film lief in ihrem Kopf ab. Sie wußte Dinge, die passieren würden, im voraus. Es waren Bilder, die in ihrem Gehirn festsaßen und urplötzlich für sie sichtbar wurden. Sie mußte sie von den anderen fern halten. Wie, das wußte sie nicht. Helena hatte zwar paranormale Fähigkeiten, doch konnte sie sie nicht einsetzen. Vielleicht konnte sie die Kerle damit verwirren und einige Zeit

aufhalten, aber direkt auf sie einwirken, das konnte sie nicht. Sie ging langsam den Gang entlang. Der Wind wehte ihr von allen Seiten entgegen, kühlte ihre Wangen die noch kurz davor geglüht hatten. Plötzlich bekam sie einen Anflug von Angst, der ihre neue Selbstsicherheit fast auf einen Schlag wieder auslöschte. Von vorne, auf der Treppe, hallten Schritte. Sie überlegte, ob sie nicht lieber wieder zurückgehen sollte. Zu den Jungs. Dort fühlte sie sich sicherer alas hier in diesem windigen Gang, der sie frösteln ließ. Wenn sie das aber tat, waren die anderen wieder in Gefahr. Das konnte sie nicht riskieren. Helena erreichte die letzte Tür vor dem Treppenhaus. Sie trat in den Raum, der dunkel und kalt zugleich war. Sie blieb auf der Schwelle stehen, um den Flur besser beobachten zu können. Es wurden Stimmen hörbar. Das Mädchen konnte nicht verstehen, was da geredet wurde.
„Halt endlich deine Klappe", schimpfte Martin. Ronny hatte wieder einen Fluch über die ungemütliche Kälte losgelassen. Sie versuchten, so leise wie möglich zu sein, doch das war leichter gesagt, als getan. Der herabgefallene Putz auf den

Stufen, knirschte bei jedem Schritt unter den Fußsohlen. Martin hätte am liebsten vor Wut aufgeschrien. Es gin ihm furchtbar auf die Nerven, daß sie so einen Krach machten. Er konnte aber daran nichts ändern. Trotz der Kälte floß der Schweiß in Strömen. Wenn er es gewiß auch nicht zugeben wollte, er spürte ein tiefes Unbehagen in sich. Jetzt, wo sie sich ihren Opfern näherten, kam ihm das alles vollkommen unwirklich vor. Der lange Gang vor ihnen. Dunkel und kalt wie der endende Wintertag draußen. Der Flur mochte vielleicht zwanzig Meter lang sein, doch mit einem Mal dehnte er sich nach allen Seiten auseinander. Die Öffnungen der Räume verschwanden. Ein Anflug von Panik erfaßte ihn. Das Licht, das vor wenigen Augenblicken noch das ganze hintere Ende des Korridors erhellt hatte, zog sich zu einem kleinen leuchtenden Punkt zusammen, der weit hinten aufflammte. Kilometer weit entfernt, wie es Martin schien. „Du gehst auf die andere Seite. Ich nehme die linke!" flüsterte Martin Ronny zu, der eigentlich gar nicht mit dem Vorschlag einverstanden war. Er hatte ein unangenehmes Gefühl in der Magengegend, das sich im ganzen Körper ausbreitete. Er sagte aber nichts. Ronny wußte genau, daß es die einzige Möglichkeit war, die Leute so schnell wie möglich zu finden, um diesen Spuk ein für allemal ein Ende zu setzen. Er ging nach rechts, in eine tiefe Dunkelheit hinein. Sein Herz klopfte stark, hämmerte in seinen Ohren. Um sich in der Finsternis besser orientieren zu können, streckte er eine Hand aus. Doch die berührte etwas Hartes, Kaltes. Wo war denn, verdammt noch mal, die Tür? Er tastete sich voran, bis schließlich seine Hand am Mauerwerk vorbeifaßte. „Noch ein Schritt, dann bist du drin", dachte er. Er machte diesen einen Schritt vorwärts. Doch der Fußboden war fort! „Scheiße!" schrie er und fuchtelte wie wild mit seinen Armen. Seine Balance verlor er trotzdem und stürzte in einem tiefen, schwarzen Schlund.

Wesenberg hatte den gegenüberliegenden Raum schon untersucht, jedoch ohne Ergebnis. Er schlich mißmutig durch die Dunkelheit, da hörte er den Schrei Ronnys. Zuerst dachte er, daß die Rohrbecks ihn geschnappt hätten, doch dann hätte er Laute von einem Kampf hören müssen. Aber nur ein schwaches Stöhnen war zu hören.

„He Ronny, was ist los? Ist dir was passiert?" Er horchte.

„Martin, hilf mir. Ich hänge hier in diesem verdammten Loch fest!" Ronnys Stimme klang leise, aber verständlich. Wesenberg versuchte, schneller zu gehen, lief aber bei diesem Versuch gnadenlos gegen die Wand und zog sich eine blutende und stark schmerzende Nase zu.

„Isch säh disch nisch." Es hörte sich alles merkwürdig an, aber besser reden konnte er in diesem Moment wirklich nicht.

„Sag mal wasch?"

„Paß` auf, wenn du hier herein kommst, der Fußboden ist weg." Er folgte der Stimme, ging auf die Knie und ertastete die zitternden Hände Ronnys. Mit viel Mühe schaffte er es schließlich seinen Freund wieder herauszuziehen.

„Danke Mann!" Das war knapp. Nächstes Mal nehmen wir Taschenlampen mit.

„Wir gewöhnen uns noch an die Dunkelheit." Wesenberg glaubte eigentlich nicht, was er da sagte. Sie waren lang genug hier drin. Doch diese Schwärze war nicht zu durchdringen.
„Du hast Schwein gehabt, daß du nicht abgestürzt bist, hätte böse ausgehen können. Wie tief ist das eigentlich?"
„Keine Ahnung, und das will ich auch gar nicht wissen. Aber eins war recht merkwürdig!"
„Was?"
„Irgendwas hat mich von unten gestützt."
„Was denn?"
„Weiß ich nicht, aber wäre das nicht gewesen, läge ich jetzt mit gebrochenen Genick da unten."
„Wir müssen weiter!"

Helena hörte Schritte näherkommen. Ihr Herz begann jetzt, heftiger denn je zu schlagen. Ihre Gedanken waren wie benebelt. Nur kalte nackte Angst war in ihrem Kopf. Sie versuchte sich zu sammeln, konzentrierte sich darauf, eine telepathische Botschaft zu senden. Helena konnte es nicht mit Bestimmtheit sagen, ob diese Mitteilung überhaupt

ankommen würde. Doch sie mußte es versuchen. Sie spürte, daß eine andere Person in der Nähe war. Sehr nah. Sie preßte sich stärker an die Wand, deren Kälte sich durch ihre Kleidung fraß und sie erschauern ließ. Kälte. Diese furchtbare Angst. Sie setzte sich auf den staubbedeckten Fußboden und zog ihre Beine an sich, während sie ihren Kopf auf die Knie legte. Ein hoffnungsloser Versuch, sich ein wenig unsichtbarer zu machen.
„Hallo, wen haben wir denn hier!" Die fremde Männerstimme klang bedrohlich und freundlich zugleich. Ein Schatten stand im Eingang, ein zweiter gesellte sich zu ihm.
„Da haben wir ja unseren kleinen Schatz ja wieder. Du hättest nicht fortlaufen sollen. Wir wollen dir doch nichts tun." Das war Wesenberg. Seine Stimme kannte sie genau. Aber das, was er sagte, klang nicht im geringsten ehrlich. Sie fühlte es, und sie dachte an das, was er im Transporter gesagt hatte. Von Panik erfaßt, sprang sie auf, versuchte irgendwie zu entkommen, ihr drohendes Schicksal abzuwenden. Sie drängte sich durch die Schatten, schaffte es fast,

wurde aber von Wesenberg festgehalten. Sie trat und riß, zog und schrie, doch der Griff spannte sich fester um ihre Taille.

„Laßt mich in Frieden! Laßt mich endlich los, ihr miesen Kerle!" Ihre Worte gingen im Schluchzen fast unter. Sie wehrte sich nach Kräften, aber sie konnte nichts damit erreichen.

„Immer schön ruhig bleiben, Mädchen. Wo sind die anderen?" fragte Wesenberg, und als sie nicht antwortete, setzte er hinzu. „Oder ich breche dir den verdammten Arm."

Starr vor Angst und mit bebender Stimme sagte sie. „Sie sind im Keller und warten dort auf mich." Das war eine Lüge, und sie wußte nicht, ob es die beiden glauben würden.

„Erzähl doch keinen Mist! Du spazierst hier einsam durch die Gegend, und die anderen lassen dich alleine? Das kannst du mir doch nicht weismachen. Ich rate dir lieber, mir die Wahrheit zu sagen." Wesenberg beugte sich zu ihr hinunter und legte sein rauhes Gesicht ihr auf die Wange. „Wir können auch anders. Also, sag mir, wo sie sind!"

Helena versuchte sich weg zu drehen. Der Kerl roch nach Bier und Schweiß.

Sie hatte große Angst.
„Sie sind da, wo ich gesagt habe. Ich bin losgegangen, als sie alle gerade beschäftigt waren. Niemand hat gesehen, daß ich hier hochgegangen bin."
Die beiden Männer sahen sich an.
„Vielleicht sagt sie doch die Wahrheit", sagte Ronny „ wir haben ihren Alten ein Ding auf die Rübe verpaßt. Da müßten die doch viel zu tun haben." Wesenberg überlegte genau. Sagte das Mädchen die Wahrheit, konnten sie die Sache auf einen Schlag beenden. Log sie, dann würden sie in eine Falle der anderen tappen. Aber die Kleine schien nicht der Typ zu sein, der log.
„Nun gut. Ich glaube dir. Jetzt werden wir uns erst einmal um dich kümmern, dann kommen die anderen dran!" Seine Hände glitten ihre Taille lang, und das Mädchen schrie, wie es noch nie geschrien hatte. Mit einem Mal wurde es im Raum hell. Genau dieselbe Art Licht, wie die am Ende des Korridors, erleuchtete die Dunkelheit. Die beiden Verbrecher waren überrascht, sahen sich verwirrt um. Ihre Unsicherheit versuchte Helena dazu zu nutzen, um sich aus ihrer Umklammerung zu befreien. Aber

wiederum schaffte sie es nicht. Der Griff um sie herum wurde erneut fester und schien ihr die Luft zum Atmen zu nehmen. Wesenbergs gräßliches Lachen erklang.

„Ich mag es ganz besonders, wenn sie sich wehren", sagte er mit einem Seitenblick zu Ronny. Der hörte Schritte hinter sich näher kommen. Ehe er sich umsehen konnte, flog etwas an ihm vorbei und stürzte sich auf Martin.

Es war Paul. Er hatte seine Freundin schreien gehört und stürzte sich nun auf diesen widerlichen Bastard. Er stand hinter dem Kerl schlang seinen Arm um dessen Hals und drückte zu. Helena konnte sich befreien. Sie lief aus dem Raum an Ronny vorbei. Er versuchte sie noch zu greifen, faßte aber daneben. Ronny verfolgte sie in der Dunkelheit, aber seine Augen waren blind. Er sah nichts.

Paul sah, daß seine Freundin geflüchtet war, aber auch, daß der andere Kerl sie verfolgte. Wesenberg japste unter dem Druck seines Arms. Paul mußte den anderen erwischen, bevor dieser Helena was antun konnte. Er ließ Wesenberg los, packte mit der linken Hand dessen

Haarschopf und trat ihm mit dem rechten Fuß in die Nieren., so daß der Drecksack zum anderen Ende des Raumes flog und mit Wucht an die Wand prallte, an der er stöhnend herunterrutschte.

Helena keuchte. Der Mann hinter ihr kam immer näher. Sie konnte seinen hechelnden Atem hören. Sie suchte einen Platz, an dem sie sich verstecken konnte. Das Treppenhaus hinter sich lassend, lief sie in den anderen Flügel des Schlosses, der fast genauso angeordnet war wie der andere. Doch in diesem Gang befand sich noch eine Tür mehr. Sie hatte keine Ahnung, wohin sie führte. Das Mädchen hätte sie fast übersehen, denn sie war unauffällig in die Wand eingelassen. Die Kleine zog daran, aber die Tür öffnete sich nicht. Panik erfaßte sie. Der böse Mann kam immer näher. Sie mußte diese Tür einfach aufkriegen, sonst war sie verloren. Sie trat einmal gegen das von Würmern zerfressene Holz. Ein zweites Mal, und sie zog mit beiden Händen, während sie ihr ganzes Gewicht einsetzte. Die Tür ächzte, ging aber trotzdem nicht auf. „Geh endlich auf, du blöde Tür!" schrie sie fast schon hysterisch, gleichzeitig zog sie noch einmal dran. Die Tür sprang quietschend auf. Helena verlor dabei fast ihr Gleichgewicht. Das Mädchen sah eine Treppe, die nach oben führte. Sie eilte sie hinauf, während sie kurze Zeit später die Tür, die sie hinter sich geschlossen hatte, ächzen hörte. Oben angekommen, warf sie einen Blick nach rechts und einen nach links. Sie befand sich auf dem Dachboden. Soweit sie erkennen konnte, war er nicht unterteilt. Sie konnte vom einen Ende des Bodens zum anderen schauen. Sie entschied sich für die linke Seite, da zu ihrer Rechten nicht mehr allzuviel Platz war. Helena lief so schnell sie nur konnte.

„Hallo, Süße! Du entkommst mir sowieso nicht." Die Stimme hinter ihr war bedrohlich nahe. Sie suchte etwas, hinter dem sie sich verstecken konnte. Aber es war nichts da. Kein anderer Raum. Keine andere Tür. Nur ein halbes Dutzend Löcher im Dach, die groß genug waren, um daraus zu flüchten. Der Giebel kam immer näher. Wenn sie nicht in kürzester Zeit einen Ausweg fand, war sie verloren. Sie drehte sich um, lief einige Schritte rückwärts und preßte sich an die Wand. „Was willst du von mir?" fragte sie mit tränenertickter Stimme.

Der Mann hielt auch an, war nur noch fünf Meter von ihr entfernt. Sie konnte ihn genau erkennen, da er genau unter einem der Löcher im Dach stand. Schnee fiel auf ihn herab. Doch es machte ihm nichts aus.

Er sah sie emotionslos an. Helena zitterte. Sie sah unbeherrschte Wut in seinen Augen. „Du hast aber gesagt, daß du mir nichts tun willst." Sie spürte wie auch Schnee auf sie fiel.

„Ach so? Daran kann ich mich gar nicht erinnern!"

„Im Auto! Weißt du nicht mehr? Du hast gesagt, daß du nicht zulassen wirst, daß mir was passiert." Ronny schien zu überlegen, sah womöglich in sein tiefstes Inneres. In dem Mädchen keimte ein wenig Hoffnung. Vielleicht konnte sie ihn dazu bewegen, daß er sie in Ruhe ließ.

„Kann schon sein, ich habe aber keine andere Wahl. Wenn ich nicht in den Knast will, mußt du eben verschwinden." Er kam zwei Schritte näher, um seinen Entschluß Nachdruck zu verleihen. Helenas Angst war schier überwältigend. Sie riß die Augen weit auf, weil Ronny bis auf Armlänge an sie herankam. Ein greller Blitz erhellte plötzlich den Dachboden. Ronny warf sich, die Augen zuhaltend, schreiend zu Boden. Helena war verwirrt. Sie wußte, daß der Blitz aus ihren Augen gekommen war. Sie hatte gespürt, wie er sich aufgebaut hatte. Das Mädchen sah nach oben. Sah das Loch im Dach direkt über ihr. Sie überlegte nicht lange, griff hoch und zog sich an den Dachlatten durch die Öffnung. Ein Bein hing noch im Gebäudeinneren. Urplötzlich wurde es mit Gewalt nach unten gerissen. Als der Druck plötzlich und unerwartet wieder nachließ, nutzte sie die Gelegenheit, um endgültig auf das Dach zu klettern.

Ronnys Augen schmerzten wie wild, und er konnte kaum etwas erkennen, aber er rappelte sich wieder auf und zerrte an dem Bein, das noch in seiner Reichweite war.
„Ich habe dich, Kleines!" ging es ihm durch den Kopf, doch ein Schlag traf ihn genau in die rechte Kniekehle. Er verlor

das Gleichgewicht auf dem Bretterboden, wobei er mit dem Kopf hart aufschlug. Für einen kurzen Augenblick schien es ihm, daß er vielleicht ohnmächtig werden würde, doch ein paar kräftige Atemzüge und unbändige Wut hielten ihn wach.
„Wer, zum Teufel...!" schrie er und drehte sich um. Hinter ihm stand drohend Paul Forster. Der Junge war den beiden bis hier oben hin gefolgt. Zuerst hatte er Mühe, sie zu finden, doch vereinzelte Schreie brachten ihn auf die richtige Spur. Paul stand da, den anderen mit seinen Blicken fixierend. Niemand machte seiner Freundin Angst, oder tat ihr etwas, ohne dafür einen äußerst hohen Preis zu bezahlen. Paul war mindestens einen Kopf kleiner als Ronny. Für Außenstehende wäre es lächerlich gewesen anzunehmen, daß der Junge irgendeine Chance hätte. Ronny holte zum Schlag aus, verfehlte jedoch knapp sein Ziel, da Paul behende auswich. Die beiden Gegner belauerten sich weiter. Jeder wartete auf eine günstige Gelegenheit, den anderen mit einer Aktion zuvorzukommen. Plötzlich warf sich Ronny auf ihn. Der junge

Mann krallte seine Hände um den Hals des Jungen und drückte zu. Paul japste nach Luft und versuchte sich krampfhaft aus den würgenden Griff zu befreien. Er schlug wild um sich, doch ihm schwanden allmählich die Sinne. Seine Hand tastete über den Bretterboden. Tatsächlich fand er etwas. Er schlug mit dem Stück Holz, das er in der Hand hielt, kräftig zu, traf dabei zuerst die Rippen, dann den Nacken des anderen.
Ronny schnaufte, lockerte seinen Griff etwas. Paul nutzte diesen Moment aus. Er traf mit dem Knie Ronny in die Rippen. Sein Aufschrei und ein unnatürliches Knacken in seiner Seite verschmolzen zu einem einzigen Laut. Ronny griff sich an die Seite, an der er sich eine Rippe gebrochen hatte. Paul stürzte sich auf ihn und schlug ihn mit der Faust in Gesicht. Immer und immer wieder.
„Paul hilf mir!"
Paul hielt inne. Den anderen, den er am Kragen gepackt hatte, sah er verächtlich an und warf ihn zurück auf den Boden. Ronny schien bewußtlos zu sein. Paul stand auf und hörte Dachziegel rutschen.. Ihm richteten sich die

Nackenhaare auf. Dann ein herzzerreißender Schrei.

Helena lag auf dem schneebedeckten Dach, und der scharfe Wind ließ sie erschaudern. Sie versuchte den Glockenaufbau, dfer sich auf dem First auftürmte, zu erreichen. Sie rutschte unaufhörlich. Ihre kleinen Hände griffen nach jeder auch noch so winzigen Möglichkeit, sich festzuklammern. Unter ihr hörte sie jemanden schreien. Dann war eine Weile Stille, die in einem heftigen Poltern unterging. Sie hörte jemanden stöhnen.
„Paul!" schrie sie, denn sie wußte, daß der Junge in ihrer Nähe war. Sie rutschte Zentimeter um Zentimeter tiefer die glitschigen Ziegel hinab. Plötzlich hatte sie keinen Halt mehr. Sie schrie hysterisch, war vor Schrecken wie gelähmt und rutschte immer weiter. Helenas Finger krallten sich in die harten Ziegel. Einige ihrer Fingernägel zerbrachen, doch ihr Fall war wohl nicht mehr aufzuhalten. In dem Moment, in dem sie, fast schon resigniert, ihren Tod entgegensah, schoß etwas Dunkles durch die weiße Schneeschicht auf dem Dach.

Es hielt sie zwar fest, doch sie rutschte trotzdem langsam weiter. Dann tauchte ein zweiter dunkler Schatten auf ihrer anderen Seite auf und klammerte sich an ihrer Jacke fest. Mit großer Erleichterung sah sie, daß es sich um Hände handelte, die sie festhielten.

Paul atmete erleichtert auf, als er das Mädchen durch die Öffnung im Dach zog. Er tat das mit blutenden Knöcheln, da er die Öffnung mit den Fäusten ins Dach geschlagen hatte. Den stechenden Schmerz in seinen Händen ignorierte er. Nichts konnte ihn in diesem Moment von der Freude ablenken, die der Anblick Helenas bei ihm auslöste. Sie sah ihn erst mit verwirrten, dann mit glücklichen blauen Augen an, und dann umarmten sie sich, lange und fest.
„Danke!" sagte sie laut. Sie weinte leise. Paul strich ihr, mit den Händen, durchs Haar.

Susanne, Helmut und Thomas waren immer noch in diesem Zimmer. Helmut war wieder zu Bewußtsein gekommen, und auch Susanne sah vollkommen erholt aus. In der letzten halben Stunde hatte sich die Intensität der blauen Lichtspiele dermaßen gesteigert, daß sie sich vor dem grellen Licht die Augen zuhalten mußten. Doch jetzt war das Leuchten wieder normal.

„Was machen wir überhaupt hier?" fragte Helmut, der sich an rein gar nichts mehr erinnern konnte. Nicht an die Entführung. Nicht an die Verletzung. Das letzte, an das er sich noch genau erinnern konnte, war, daß er das Garagentor geöffnet hatte.

„Wo, verdammt noch mal, ist Helena?" Erst jetzt blickten sich alle um und suchten im Raum nach dem Mädchen. Sie hatten nicht gemerkt, daß sie den Raum verlassen hatte. Auch Paul war nicht da. Helmut wußte ja nicht, daß der Freund seiner Tochter mit ihnen hier war. Hätte er es gewußt, wäre er mit Sicherheit aus der Haut gefahren. Thomas wollte es ihm nicht sagen, und Susanne konnte es ihm nicht sagen, da sie sich auch nicht mehr erinnern konnte. Das Leuchten im Raum kam Helmut irgendwie bekannt vor. Er hatte es schon einmal gesehen. Es war erst vor kurzem gewesen, das war gewiß. Doch dann fiel es ihm wie Schuppen von den Augen.

Auf der Nachhausefahrt im Wagen! Zum ersten Mal ahnte er, daß alles kein Zufall sein konnte und daß seine Tochter etwas damit zu tun hatte.

„Ich glaube, sie ist unten", sagte Thomas, der es eigentlich nur vermutete. In Wahrheit hatte er keine Ahnung, wo sie sich befand.

„Alleine in der Dunkelheit?" Sein Vater war skeptisch. Helena hatte schon immer Angst in der Dunkelheit gehabt, und dieses abgelegene Gemäuer, das auch auf in bedrohlich wirkte, mußte ihr einfach Angst machen.

„Na gut", sagte er nur und verließ den Raum als erster. Im Flur war es merklich kühler. Er ging mit sicheren Schritten durch die Finsternis nach unten, ihm folgten seine Frau und sein Sohn.

Helena und Paul verließen die Bodenkammer. Der Junge zitterte ein wenig, da er keine Jacke mehr trug. Er hatte darauf bestanden, daß Helena sie anzog. Es war viel zu kalt, und er hatte gespürt, daß sie fror. Die Jacke war ihr viel zu groß, hielt aber außerordentlich warm.

„Was habt ihr eigentlich hier gemacht?"

Sie hielt seine verletzte Hand, die provisorisch mit einem Taschentuch verbunden war.

„Neugier, nichts weiter als Neugier. Wir haben beobachtet, wie die Gauner mit einem anderen Kerl einen Handel abgeschlossen haben. Durch Zufall haben sie uns dann entdeckt. Wir sind gerannt wie der Teufel, das kann ich dir sagen. Auf jeden Fall konnten wir denen entkommen. Später sind wir dann wieder hergekommen, da wir eine Vermutung hatten, und siehe da, wir hatten recht. Die Kerle haben ihr geklautes Zeug unten im Keller versteckt."

Das Mädchen war stehengeblieben und sah ihn mit durchdringenden Augen an.

„Also haben wir auch die ganze Sache zu verdanken?"

Paul war nicht wohl in seiner Haut. Sie hatte ja recht. Er und Thomas waren an der Misere schuld. Wenn sie nicht so neugierig gewesen wären, dann wäre es einfach nicht passiert. Es tat ihm leid, aber wie konnte er denn auch nur erahnen, daß die Kerle gleich Amok laufen würden?

„Tut mir leid!" Sie sah in weiter an und gab ihm dann eine schallende Ohrfeige,

die seine rechte Wange zum Glühen brachte. Paul sah unglücklich drein. Er hatte einen Fehler begangen, und er hoffte, daß sie ihm verzeihen konnte.
„Die hast du dir redlich verdient", sagte sie ruhig, aber mit fester Stimme, „aber ich liebe dich, und deshalb verzeih ich dir." Sie schenkte ihm ihr strahlendstes Lächeln, daß seinen ganzen Schmerz verfliegen ließ. Sie hörten die Schritte unten in der Eingangshalle und freuten sich, daß sich alles zum Guten gewendet hatte. Ronny lag gefesselt und wahrscheinlich immer noch ohne Bewußtsein auf dem Dachboden. Was der andere machte, das wußten sie nicht. Jedenfall solange nicht, bis Paul einen heftigen Schmerz in der Magengegend verspürte.

Der Junge fiel zu Boden und krümmte sich vor Schmerzen. Wesenberg trat auf den hilflos am Boden liegenden Jungen immer und immer wieder ein, grinste dabei und freute sich, daß dieser verhaßte Bengel sich vor Schmerzen wand. Seine gebrochene Nase ignorierte er einfach. Helena stand daneben und schrie. Sie war unfähig, sich auch nur einen Zentimeter zu bewegen.

„Jetzt sitzt du mächtig in der Scheiße, was?" Wesenberg packte Paul am Kragen und schlug ihm mehrfach kräftig ins Gesicht.

„Los komm hoch, du Pfeife. Zeig, was du darauf hast." Wesenberg trat noch einmal mit dem Fuß nach dem Jungen. Doch diesmal wehrte dieser den Tritt mit dem Arm ab. Er sprang auf, holte mit der linken Hand aus und schlug dann mit der rechten Faust zu, so daß Wesenberg, vollkommen davon überrascht, einen Hieb gegen die Kinnlade bekam. Er fiel ächzend nach hinten. Paul stürzte sich sofort auf ihn. Sie rangen eine Weile um die Vorherrschaft, wälzten sich am Boden hin und her.

Helena stand noch immer wie angewurzelt ein wenig abseits und rührte sich nicht. Sie hatte einfach Angst. Eingreifen konnte sie nicht, dafür war sie viel zu schwach. Sie versuchte, einen klaren Gedanken zu fassen, um zu überlegen, was sie tun konnte. Aber das war bei diesem Durcheinander in ihrem Kopf gar nicht so einfach. Sie besaß paranormale Fähigkeiten, daß wußte sie seit dem heutigen Tag. Wenn sie damit

nur besser umgehen konnte!
Die Kämfenden hatten sich inzwischen der obersten Stufe der Treppe genähert, nahmen aber die Gefahr, in der sie schwebten, gar nicht wahr. Wie zwei wilde Tiere schlugen sie aufeinander ein, versuchten, dem jeweils anderen so viel Schmerz wie möglich zu bereiten. Als sie es dann doch merkten, war es auch schon zu spät. Sie verloren das Gleichgewicht und rollten krachend die Stufen hinunter. Paul landete ziemlich unsanft auf dem gefliesten Fußboden der Eingangshalle. Brennender Schmerz zuckte seine Wirbelsäule hoch und nahm ihm im ersten Moment die Luft. Die Last des verhaßten Wesenberg, der auf ihm lag und deswegen entschieden sanfter gelandet war, machte seine Bemühungen nicht gerade einfacher. Wesenberg sprang auf und griff ins Dunkle nach irgendeinem Gegenstand. Paul konnte nicht sehen, was es war, aber er vermutete treffend, daß es für ihn selber gefährlich sein mußte.
„Jetzt ist es aus mit dir, Junge. Du hättest mir nicht im Wege stehen dürfen."
Martins Stimme klang heiser, und als er zwei Schritte näher an Paul herankam,

konnte Paul eine Art Latte in der Hand Wesenbergs sehen.

„Mach keinen Scheiß, Alter! Damit versaust du dir deine Zukunft!" Paul konnte sich kaum regen, aber vor lauter Angst versuchte er aufzustehen. Es klappte nicht. Anstatt sich dem Kerl entgegenstellen zu können, peinigte ihn stechender Schmerz in der Wirbelsäule. Martin kam immer näher, holte zum endgültigen Schlag aus.

Die Schneeflocken und der eiskalte Wind auf seinem Gesicht kühlten Helmuts glühende Haut ein wenig ab. Er sah sich nach seiner Tochter um, doch der Schneefall war zu stark, um sehen zu können. Er rief ihren Namen. Seine Frau und sein Sohn, die neben ihm standen, taten es ihm gleich. Sie hörten jedoch nur das Pfeifen des Windes, der durch die Fensterhöhlen es Gebäudes hinter ihnen strich. Alles war so kalt und finster, daß sogar die wilden blauen Lichtspiele, die durch das bekannte Fenster im oberen Stockwerk tanzten, ihnen als hoffnungsfrohe Botschaft vorkamen. Sie riefen erneut und horchten eifrig nach einer Antwort.

Doch statt dessen hörten sie ein dumpfes poltern im Gutshaus.

„Helena?" fragte Susanne zögernd. Dann wurde es plötzlich hell, und ein ohrenbetäubendes Krachen ließ alle drei zusammenfahren.

Das Mädchen war den beiden Streitenden nach unten gefolgt. Sie sah, daß Paul verletzt war und nicht wieder hochkam. Wenn sie doch bloß ihre Fähigkeiten einsetzen könnte! Sie versuchte es, aber es passierte nichts. Wieder konzentrierte sie sich auf Wesenberg, der jetzt zum Schlag ausholte. Der Stock raste auf den Kopf ihres Freundes zu. Schützen! Sie mußte ihn schützen, sonst war er verloren! Nicht nachdenken. Konzentrieren. Helena spürte die Helligkeit und die Wärme, die aus ihren Augen strömte, ungehindert und mit voller Kraft auf den Körper Wesenbergs zielend. Sie hörte ihn laut aufbrüllen. Sein lang anhaltender Schrei begleitete ihn auf seinem spektakulären Flug durch die geschlossene Eingangstür. Seine Füße berührten nicht den Boden, und der Stock in seiner Hand sah aus, als wolle er mit ihm ein Orchester dirigieren.

„Oh, Scheiße!" Paul lag mit erhobenem Kopf und geöffnetem Mund auf dem Boden und beobachtete alles, während Helena sich anschickte, ihm aufzuhelfen.

„Warst du das etwa? Pauls Knochen schmerzten, als er wieder stand.

„Ja!" Das Mädchen sagte es leise. Sie wußte, daß sie Paul nur so helfen konnte, wie sie es eben getan hatte. Aber ihr wurde bewußt, daß es keine positive Kraft gewesen war. In ihr nagten Gewissensbisse, die sich so leicht nicht abschütteln ließen. Sie hatte Paul helfen wollen, aber einem andren Menschen etwas Böses antun, das hatte sie nicht beabsichtigt.

„Ist er tot? Fragte sie Paul, der sich an ihrer Schulter festhielt, um seine Standfestigkeit nicht zu verlieren.

„Keine Ahnung. Wir werden nachsehen, wenn wir ihn überhaupt finden. Bei dem Tempo, das er draufhatte, müßte er eigentlich schon in Berlin sein."

„Ist alles in Ordnung mit dir, Schatzi?" Helmut kam durch das gähnende schwarze Loch herein.

„Alles gut", sagte sie.

„Haben sie das auch gesehen?" Paul

humpelte hinter Helena her, die ihren Vater umarmte.
„Habe ich, aber glauben tue ich es noch lange nicht." Er hatte die fuchtelnde schwarze Gestalt beobachtet. Sie war in blaues Licht getaucht und flog, bis sie etwa in sechzig Metern Entfernung im Geäst eines kahlen Baumes landete und krachend zur Erde fiel.
„ Ist der Kerl tot?"
„Er lebt noch." Er hatte ihn nach der unsanften Landung fluchen hören.

Drei Wochen waren seither vergangen. Zeit genug, um die schlimmsten Wunden heilen zu lassen. Wesenberg lag immer noch im Krankenhaus, gleich neben seinen Freund Ronald. Aber die Pflegebetten mußten sie bald mit Gefängnispritschen tauschen müssen.
Paul wartete auf den Schulbus. Es war früh morgens, dreiviertel sieben. Leichter Schneegriesel überzog die Landschaft. Er wollte den heutigen Tag wieder zur Schule gehen. Der Arzt hatte es für besser gehalten, daß er sich zu Hause erst mal erholen sollte. Helena hatte ihn, bis vorgestern, täglich besucht. Doch gestern war sie nicht gekommen.

Er hatte bei den Rohrbecks zu Hause angerufen, doch es hatte niemand abgenommen. Er hatte ein ungutes Gefühl als er das herannahende Geräusch des Schulbusses vernahm. Paul stieg in den Bus. Die Sitzbänke waren zur Hälfte leer. Sein Blick glitt über die Kinder, die sich hier drin befanden. Helena war nicht unter ihnen. Das ungute Gefühl wurde zu einem Angstgefühl. Bevor er sich auf einen leeren Platz in der vorderen Hälfte setzen konnte, sah er Ines, eine von Helenas Klassenkameradinnen, die gleich dahinter saß.
„Kommt Helena heute nicht zur Schule?" fragte er Ines, die ihn mit großen braunen Augen ansah. Sie biß sich auf die Lippe und machte ein unglückliches Gesicht."Hast du denn noch nicht gehört?" fragte sie ihm.
„Was gehört? Ihm preßte Angst sein Herz zusammen. Es war was passiert. Aber was?
„Helena wurde gestern vom Bus überfahren. Sie ist tot!" Wie vom Blitz berührt ließ sich Paul auf den Sitz fallen. Kälte und Hitze strömten gleichzeitig sintflutartig auf ihn herein. Trauer und

maßloses Entsetzen trieben ihn die Tränen in die Augen. Er hatte es geahnt. Nein. Er hatte es gewußt und nichts getan, um ihren Tod abzuwenden. Es war also die Zukunft, die er damals im Gutshaus gesehen hatte. Er weinte. Das Ende aller Tage hatte ihn nun eingeholt.

ENDE